Das Sauerland & andere Regionen
in 12 Kurzkrimis

Umschlaggestaltung: Birgit Beißel
Umschlagfoto: Adelheid Prünte
Satz: Olaf Müller
Druck: cpi books – Clausen & Bosse, Leck
Erste Auflage 2009

ISBN 978-3-934327-11-5

Kathrin Heinrichs

Tot überm Zaun

Das Sauerland & andere Regionen in 12 Kurzkrimis

Blatt-Verlag, Menden

Ähnlichkeiten zu realen Orten sind gewollt. Personen und Handlungen der Geschichten dagegen sind frei erfunden. Bezüge zu realen Menschen wird man daher vergeblich suchen.

Inhalt

Tot überm Zaun

Es gibt Menschen, die möchte man von der ersten Begegnung an umbringen. Susanne Schürmann zum Beispiel. Susanne Schürmann hat, als wir uns das erste Mal trafen, den Satz gesagt: „Hier im Sauerland möchte ich ja nicht tot überm Zaun hängen!" Das hätte sie nicht tun sollen. Seitdem habe ich mir das immer wieder vorgestellt: Susanne Schürmann – tot überm Zaun.

Später einmal hat Susanne Schürmann gemeint, das Sauerland insgesamt sei ja ganz nett, aber sehr provinziell. Hemer allerdings – Hemer habe so gar nichts. Keine Landschaft, keine Innenstadt, nichts. Nicht mal einen Golfplatz gäbe es hier.

Noch später hat sie ganz anders geredet, aber dazu komme ich noch. Besser, ich erzähle erst einmal, wie alles anfing.

Das Erste, was ich von Susanne Schürmann sah, war ihr Landrover, der mit seinen gefühlten achtzehn Metern auf dem Schulparkplatz vier Stellplätze blockierte. Was ich als Nächstes sah, war eine rosagekleidete Ganzkörpertussi mit Püppchengesicht und blondem Langhaar. Letzteres pflegte sie mit so viel Foffo durch die Gegend zu schmeißen, dass man die Dame bei richtiger Positionierung zum Abstauben hätte einsetzen können.

„Das muss die Mutter von Laura-Sophie sein", wisperte meine Freundin Birgit, mit der ich zusammen den Elternabend besuchte. Sofort war ich im Bilde. Schließlich hatte meine Tochter schon ausgiebig von der neuen Schülerin erzählt. Auch Laura-Sophie kam meistens in Rosa zur Schule. Laura-Sophie hatte Haare wie ein Engel, aber wenn sie ihren Willen nicht kriegte, kreischte sie schlimmer als eine Feuersirene.

„Trotzdem wollen alle neben Laura-Sophie sitzen", hatte meine Tochter Lotta an Laura-Sophies drittem Tag unter Tränen erzählt. „Dabei ist die einfach nur doof."

„Das gibt sich", hatte ich Lotta erklärt und insgeheim befunden, dass es meinem Wildfang ganz guttat, mal für eine Weile nicht die erste Geige zu spielen. „Warte ab, bis die anderen Kinder merken, was für eine Schreckschraube sie ist."

Die Schürmanns waren nach Hemer gezogen, weil Papa Schürmann die Landesgartenschau managen sollte. Zur Landesgartenschau möchte ich nichts Negatives sagen. Ich find's super, dass das alte Kasernengelände aufgewertet wird. Ich find's überhaupt super, dass zu uns die Landesgartenschau kommt. Gut, die verwendeten Werbeslogans sind etwas affig. *„Zauber der Verwandlung" oder „Dreiklang von Körper, Geist und Seele"*. Andererseits müssen die Vermarktungsfuzzis ja auch für etwas gut sein. Ich selbst bin nun mal eher ein handfester Typ. Eine Gärtnerin eben. Und genau deshalb kann ich mich natürlich für die LAGA begeistern. Der andere Grund ist, dass mein Mann einen Gartenbaubetrieb hat. Wir können die LAGA-Aufträge sehr gut gebrauchen. Ich bin im Bilde, schließlich arbeite ich mit in der Firma – mal im Büro, mal in der Erde, was mir eigentlich das Liebste ist. Trotzdem fand ich es zum Weglaufen, als Susanne Schürmann mir zu verstehen gab, sie könne bei der Auftragsvergabe „bestimmt etwas tun". Ihr Mann Robbi sei schließlich federführend in der LAGA-GmbH tätig und habe entscheidenden Einfluss.

Es ist schön, lukrative Aufträge zu haben, aber es ist nicht schön, diese dem Mann von Susanne Schürmann zu verdanken. Dabei kann man gegen den gar nichts sagen. Er ist in Ordnung. Robert Schürmann ist sogar mehr als in Ordnung. Er hat im Leben nur einen Fehler begangen – und der ist seine Frau.

„Dass es *mich* nach Hemer verschlagen hat!“, sagte sie, als sie im Frühjahr zum ersten Mal spontan auf einen Kaffee vorbeikam. Ich hatte gerade in unserem Garten gewuselt, sah also aus wie ein Maulwurf und fand es daher umso prickelnder, eine perfekt gestylte Schönheitskönigin bewirten zu dürfen. Ihre Tochter hatte Susanne Schürmann natürlich auch mitgebracht. Sie und Lotta hatten sich zum Spielen ins Kinderzimmer getrollt – ich hoffte inständig, dass meine Kleine ihren Gast nicht schon jetzt mit dem rosa Haarband an den Bettpfosten geknebelt hatte. „Hemer und ich, das passt einfach nicht!“ Susanne Schürmann runzelte zu dieser Bemerkung pseudoverzweifelt die Stirn und schob dann den verhängnisvollen Satz hinterher: „Eigentlich möchte ich hier nicht tot überm Zaun hängen!“

Mir blieb die Spucke weg, was nicht schlimm war, denn eine Reaktion wurde von mir gar nicht erwartet.

„Aber eine echt süße Werbung gibt‘s hier! Die mit den 38.125 tollen Typen, meine ich jetzt“, Susanne Schürmann lachte gekünstelt und schmiss ihre Haare. Natürlich wusste ich genau, was sie meinte. Die riesigen Plakatwände, die das Stadtmarketing aufgestellt hatte: Abgebildet eine Gruppe von Menschen. Darunter der Satz: *„38.125 tolle Typen. Alle in Hemer.“*

„Als ich die zum ersten Mal gesehen habe“, quakte die Schürmann und straffte dabei ihr rosa Hilfiger-Shirt, das sie wie die Großausgabe ihrer Tochter aussehen ließ, „da hab ich gedacht: 38.125 tolle Typen in Hemer. Hat Hemer zum Weltjugendtag tatsächlich so viele Gäste gehabt?“ Mein Kaffeebesuch wieherte. Ich muss gestehen, es dauerte einen Moment, bis ich die Pointe begriff. Als das der Fall war, fand ich sie noch immer nicht witzig. Um genau zu sein, kotzt es mich an, wenn Leute wie Susanne Schürmann sich über Hemer lustig machen, denn meistens kennen sie sich überhaupt nicht gut aus. Mit Sicherheit war Susanne Schürmann noch nie durchs Stephanopler

Tal gewandert und hatte sich von der phantastischen Landschaft einfangen lassen. Sie hatte nie mit Leuten wie Manfred Gruschka aus Sundwig gesprochen, der für sein Dorf seine komplette Freizeit hergab. Sie hatte nie in *Gittas Caféstübchen* selbstgebackenen Kuchen gegessen, hatte keine 10er-Abschlussparty am Duloh gefeiert oder ihre erste große Liebe am Springbrunnen im Stadtpark geküsst. *Meine* erste große Liebe war übrigens Carsten gewesen, mein Mann, und der erste Kuss war am Abend der Hemeraner Herbsttage passiert. Aber das spielt ja jetzt keine Rolle. Eine Rolle spielt, dass Leute wie Susanne Schürmann gar keine Ahnung haben, wenn sie sich über Hemer hermachen. Ich persönlich würde Hemer niemals verlassen. Das ist meine Heimat.

„Hemer ist gar nicht so verkehrt", sagte ich daher trotzig und nahm zur Kenntnis, wie Susanne Schürmann mich ansah. Ein Blitzen in den Augen, ein verschmitzter Zug um den Mund. Ich wusste, was sie dachte. Sie dachte: „Die merkt es nicht mal. Die wohnt in der Bronx und merkt es nicht mal."

Von diesem Moment an kam das Bild immer wieder in mir hoch – Susanne Schürmann tot überm Zaun.

Das nächste Mal schon bei den Bundesjugendspielen unserer Kinder. Dazu werden immer Mütter gesucht, die mithelfen können. Zeit stoppen, den Ballwurf messen, so was. Es sind immer dieselben, die helfen, umso erstaunter war ich, als ich Susanne Schürmanns reisebusgroßen Off-Roader an der Teichstraße sah. Sie hatte ihren Wagen so geschickt zwischen zwei Kastanien gestellt, dass man sich auf dem Bürgersteig als Fußgänger vorbeiquetschen musste.

„Bestimmt bringt sie nur ihrer Tochter das Butterbrot nach", schnodderte meine Freundin Birgit, die einen Trainingsanzug trug, der in den 70ern echt trendy gewesen sein musste. Es war schlimmer. Susanne Schürmann war gekommen, um zu filmen. Sie trug eine edel-rote Samtsporthose, die ihre Figur vorteilhaft zur Geltung brachte, hielt eine 2000 Euro teure Digital-Kamera vor ihre Nase gepresst und verfolgte ihr rosafarbenes Kind von Station zu Station. Ich war fassungslos. Dass Susanne Schürmann nicht mithalf, war eine Sache. Dass es ihr aber nicht im mindesten peinlich war, mit der Kamera an uns Helferinnen vorbeizuhecheln, eine andere.

Die Sache spitzte sich zu, als Laura-Sophie zum Weitsprung anrückte. „Dass Sie aber ordentlich messen!“, quakte Frau Schürmann und knipste mir neckisch ein Auge, wohl um zu signalisieren, dass ich einen halben Meter aufschlagen sollte. Ich wäre der Frau am liebsten an die Gurgel gesprungen!

„Ich harke nur!“, presste ich stattdessen hervor und wuselte weiter in der Grube herum, wo man mich vermutlich eingeteilt hatte, weil ich auf Gartenarbeit spezialisiert bin. Als ich nach der Harkerei wutentbrannt hochschaute, fiel mein Blick auf die Absperrung, die, mit ein bisschen Bandenwerbung verschönert, den Sportplatz von den spärlichen Zuschauerrängen trennte. In diesem Augenblick dachte ich zum zweiten Mal an Susanne Schürmann – tot überm Zaun.

Eine besonders ausgeprägte Vorstellung ergab sich, als Carsten und ich einige Wochen später bei den Schürmanns zum Essen eingeladen waren. Susanne, die ich mittlerweile duzte, hatte das Essen bei einem Partyservice bestellt. Allein das war schon peinlich. Für vier Personen kochen, hätte wahrscheinlich schon unsere Tochter hingekriegt. Susanne Schürmann allerdings redete sich mit Migräne heraus, die sie am Vortag gehabt hätte. Die konnte mir viel erzählen! Ich hätte drauf gewettet, dass sie das Essen schon vor einer Woche bestellt hatte. Als wir die Nachspeise hinter uns gebracht hatten, hob Robert plötzlich bedeutungsvoll sein Glas.

„Wir haben euch noch etwas Wichtiges zu sagen“, brachte er salbungsvoll heraus. „Ihr werdet es nicht glauben: Wir haben ein Haus gekauft!“ Dabei schaute er so begeistert, als hätte er tatsächlich eine gute Nachricht für uns.

„In Hemer?“, rutschte es mir heraus.

„Oben am Woeste-Gymnasium“, erklärte Susanne, „ein wunderschönes Objekt. Die Hillmann’sche Villa, falls euch das etwas sagt.“

Die Hillmann’sche Villa! Natürlich sagte uns das was. Jedem in Hemer sagte das was! Ein Prachtgrundstück. Ein Riesenobjekt. In einer Vorzeigegegend.

„Das ist ja wirklich ein Ding!“, kommentierte Carsten begeistert.

Ich selbst bekam das alles nicht zusammen. Susanne Schürmann fand Hemer schrecklich. Außerdem war der Job ihres Mannes zeitlich begrenzt. Irgendwann war die LAGA vorbei, dann würde er hier keine Arbeit mehr haben. Die Schürmanns würden weiterziehen müssen. Wozu dann ein Haus? Noch dazu solch ein Haus! Robert schien meine Gedanken zu erraten.

„Wir sind so oft umgezogen in letzter Zeit. Jetzt wollen wir uns endlich niederlassen. Egal, wie es nach der LAGA beruflich weitergeht, ich möchte Sanne und Laura-Sophie einen weiteren Umzug ersparen. Lieber fahre ich jeden Morgen etwas weiter zur Arbeit.“

Mir fiel der Werbespruch ein. *38.125 tolle Typen. Alle in Hemer!* Jetzt waren es drei mehr. Was für ein Gewinn!

„Aber ihr und Hemer – ich meine, Hemer und ihr – “, konnte ich mich nicht zurückhalten. Carsten warf mir einen bitterbösen Blick zu.

„Nun, unsere Einstellung zu Hemer hat sich ein wenig gewandelt“, flötete Susanne, die wieder tochterlike in Rosa gekleidet war und damit etwas Elfenhaftes hatte, „nennen wir es doch einfach den *Zauber der Verwandlung*.“ Die letzten Worte hauchte sie in Carstens Richtung. Ich hätte am liebsten gekotzt.

„Wie auch immer“, Robert lehnte sich selbstgefällig zurück, „das Haus ist gekauft – und, ehrlich gesagt, haben wir euch auch ein bisschen aus geschäftlichen Gründen eingeladen.“

„Naja, quasi geschäftlich“, verbesserte seine Frau und sah Carsten dabei hinreißend an.

„Wir möchten den Garten umgestalten“, erklärte Robert.

„Umgestalten lassen“, verbesserte jetzt seine Frau.

„Ach!“ Ein Leuchten ging über Carstens Gesicht. Kein Wunder, der Garten der Hillmann'schen Villa war ein Gedicht. Ein riesiges Grundstück mit alter Bepflanzung, dessen Gestaltung eine wunderbare Aufgabe war.

„Und da haben wir natürlich an dich gedacht.“ Susanne Schürmanns Augenaufschlag hatte etwas von einem verschlafenen Krokodil. Auf Carsten hatte er allerdings keineswegs einschläfernde Wirkung. Er wirkte quicklebendig und sehr aufgeräumt.

„Natürlich habe ich mir über die Gestaltung schon ein paar Gedanken gemacht“, erklärte Susanne. „Der alte Baumbestand soll selbstverständlich bleiben. Aber ich hatte auch an ein paar asiatische Anleihen gedacht. Und pragmatische Aspekte sind natürlich auch zu beachten. Ich will unbedingt einen massiven Zaun um das Grundstück.“

„Klar!“, versuchte ich mich ins Gespräch einzuklinken, wurde aber glatt überhört.

„Ein paar Gärten habe ich mir bereits angeschaut und dabei Ideen gesammelt“, machte meine Kontrahentin weiter, „da würde ich dir gern das ein oder andere zeigen.“

„Natürlich!“, palaverte Carsten und meine Gärtnerinnenhände hätten ihm mit Freude den Hals umgedreht.

„Sanne soll sich um alles kümmern“, brachte jetzt Robert ein. „Ich habe genug mit der LAGA zu tun. Aber ich denke, ihr beiden kommt klar."

„Das denke ich auch", sagte Carsten.

In dem Moment sah ich sie ein weiteres Mal vor mir. Und zwar in erschreckender Klarheit. Susanne Schürmann mit bleichem Gesicht und aufgerissenen Augen. Tot über ihrem neu gesetzten Zaun. Neben ihr flatterte eine Gartenbauskizze arglos im Wind.

Männer sind ja häufig so naiv. Carsten widmete sich dem Schürmann'schen Projekt mit einer Hingabe, die ich als Ehefrau nur peinlich nennen kann. Er ließ sich von Susanne durch die Gegend kutschieren, besuchte mit ihr Pflasterausstellungen und ging mit ihr ein ums andere Mal seine Planungen durch.

„Du hängst dich ja ziemlich rein", sagte ich einmal in süffisantem Ton, als er gegen 21 Uhr von einem Besprechungstermin zurückkam.

„Es hängt ja auch viel dran", konterte er. „Robert ist einer der wichtigsten Leute in der LAGA-Gesellschaft und ganz nebenbei ist sein Garten ein Prestigeprojekt, mit dem wir weitere Kunden anziehen können."

„Aha", sagte ich und fragte mich, ob man schon bei der Zaunplanung angekommen war.

„Und Robert hält sich ganz raus?", setzte ich nach. „Aus eurem Gartenprojekt, meine ich jetzt?"

„Bei dem läuft jetzt alles auf Hochtouren, die LAGA-Planung geht in die entscheidende Phase. Jetzt müssen Gruppen geködert werden, damit es sich rechnet. Die Landfrauen aus Korbach müssen genauso nach Hemer reisen wie die Senioren aus Gütersloh und der Kindergarten aus Bochum-Ost. Was meinst du, was da an Organisation dahintersteckt – an Werbung und Vermarktungsstrategie."

„Klar, verstehe ich", stimmte ich zu, *„Zauber der Verwandlung und so."*

Ich hatte mich entschieden, nach außen die verständnisvolle Schiene zu fahren, die Problemlösung dagegen eher grundlegend anzugehen. Dann konnte ich mich doch nicht zurückhalten. „Allerdings dachte ich, Robert sei Controller. Was hat er dann mit der Vermarktung zu tun?“

Carsten zögerte kurz. „Da hängt doch alles mit allem zusammen“, meinte er schließlich grätzig und wandte sich ab. In dem Moment fragte ich mich, ob auch mein Mann gerade eine Verwandlung durchmachte.

Verwandlung war mein neues Schlüsselwort. Robert verwandelte sich. Er war nur noch gehetzt und tat mir fürchterlich leid. Die LAGA wuchs ihm über den Kopf, er arbeitete praktisch rund um die Uhr. Dann machte auch Susanne eine Verwandlung durch. Sie wurde ruhiger mir gegenüber. Klassischer Fall von schlechtem Gewissen. Am schlimmsten aber, dass auch Carsten sich verwandelte. Er wich mir aus und war ständig unterwegs. Für mich verwischte sich, ob er für die LAGA arbeitete, für die Schürmanns privat oder ob er in anderer Mission unterwegs war. Aber ich war nicht bereit ihm hinterherzuspionieren. Wie ich schon sagte, ich wollte die Sache grundlegend angehen. Denn – und das kann ich nicht verschweigen – auch ich begann mich zu verwandeln.

Die LAGA wuchs und wuchs – und zwar in immer schnellerem Rhythmus. Die groben Arbeiten kann man langfristig planen – Baumanpflanzung, Erdarbeiten, Wege und so. Aber die Bepflanzung der Beete, die passiert unmittelbar vor Beginn – und nach dem Frost. Und da man nicht weiß, wie lange es friert, wirklich unmittelbar vorher! Da am 17. April große Eröffnung gefeiert werden sollte, arbeiteten wir uns Anfang April die Finger wund. Einige Mitbewerber waren mit Themengärten beschäftigt. Unser Betrieb war mit den Schaubeeten im Eingangsbereich beauftragt. Es gab soviel zu tun, dass selbst ich zur LAGA-Baustelle musste. Außerdem waren zwei Aushilfen eingestellt worden. Ein riesiges Blütenmeer musste entstehen, und das setzt sich nicht von selbst. Emsige Betriebsamkeit also, als eines Nachmittags plötzlich ein Landrover aufkreuzte. Nicht irgendein Landrover, sondern der von Susanne. Als sie ausstieg, hatte sie tatsächlich wieder ein rosafarbenes Poloshirt an. Mein erster Gedanke war, dass sich die Farbe ihres Oberteils furchtbar mit den lilafarbenen Primeln biss, die ich gerade setzte. Mein zweiter Gedanke war, dass sie aussah wie Prinzessin Lillifees Tante. Mein dritter Gedanke: Was will sie von Carsten? Tatsächlich hatte ihr schweifender Blick meinen Mann gesucht und blitzschnell gefunden. Im Beet hockend nahm ich zur Kenntnis, wie sie temperamentvoll auf ihn einredete. Was, konnte ich auf die Entfernung leider nicht verstehen. Während ich weiter Pflanzlöcher aushob, kam mir plötzlich ein Detail meiner Kindheit in den Sinn: Mehrere Jahre hatte ich beim Krippenspiel der Gemeinde St. Peter und Paul mitgewirkt. Gern hätte ich dabei nur ein einziges Mal den Engel gespielt! Aber die Leiterin Frau Paschke hatte gemeint, der Engel passe nicht zu mir – allein schon wegen der Haare. So war ich immer ein nicht näher definierter Teil der Hirtengruppe geblieben. Ich warf einen Blick nach oben. Susanne Schürmann hatte garantiert immer den Engel gespielt! Egal, wo sie aufgewachsen war – wenn sie jemals in einem Krippenspiel mitgewirkt hatte – sie hatte den Engel gespielt.

Ich beobachtete weiter die Szene. Jetzt war es Carsten, der sprach. Sein muskulöser Oberkörper spannte unter dem T-Shirt. Es sah aus, als wolle Carsten Susanne etwas erklären. Schließlich schien man sich geeinigt zu haben. Lillifee setzte sich in ihr Barbiegefährt und dampfte ab. Es hätte mich nicht gewundert, wenn ihr Auspuff rosa Qualm hinterlassen hätte. Angesäuert verteilte ich Dünger auf dem Beet. Er war mit Pestiziden vermengt. Kein Mensch macht sich eine Vorstellung davon, was auf Gartenschauen an Chemikalien verspritzt wird, damit alles schön aussieht. Kein Mensch macht sich eine Vorstellung davon, wie wütend eine Dauerhirtin wird, wenn ausgerechnet der Engel ihr den Hirtenknaben ausspannen will. Nachdenklich blickte ich auf das Pestizid zu meinen Füßen.

Abends rief Robert bei mir an.

„Weißt du, wo Susanne ist?" fragte er mich.

Ich verkniff mir die Antwort, dass er als Ehemann das besser wissen müsste als ich.

„Sie wollte mit Carsten etwas anschauen, müsste aber längst wieder da sein."

‚Das finde ich auch', dachte ich gallig. Stattdessen sagte ich: „Sie werden aufgehalten worden sein, nehme ich an."

„Wie geht's denn bei dir so?" Robert schien auf ein Gespräch aus zu sein.

„So lala!"

„Bei mir ist es auch nicht so doll. Diese LAGA macht mich noch fertig." Robert jammerte ein bisschen vor sich hin. „Soll ich noch auf ein Glas Rotwein vorbeikommen?", streute er dann plötzlich unvermittelt ein. „Dann warten wir gemeinsam auf unsere Leute."

Ich dachte kurz nach. Dann hatte ich mich entschieden. „Gern!", sagte ich, obwohl ich auf Warten nicht so recht scharf war. Aber vielleicht machte es mehr Spaß, mit Robert zusammen zu warten.

Es dauerte drei Stunden, bis wir zu Ende gewartet hatten. Carsten kam peinlich berührt ins Haus und verschwand dann schnell in sein Bett. Das war der Moment, da ich Susanne Schürmann erneut überm Zaun sah. Eigentlich war es kein Zaun. Es war das Messinggestell am Fuß unseres Bettes.

Es kam, wie es kommen musste. So richtig gern red ich nicht davon. Ich hab das Pflanzengift in den Kaffee getan. Wenn man viel Zucker nimmt, merkt man es nicht. Es hat nicht lange gedauert, bis es wirkte. Kein Wunder, ich habe das Doppelte der tödlichen Dosis genommen. Ich wollte sichergehen, dass das auch klappt.

Manchmal geht mir die Sache auch heute noch nach – obwohl es schon sechs Wochen her ist. Ist schließlich ein menschliches Leben, das man da auslöscht. Andererseits wollte ich mich nicht verarschen lassen. Ich habe lange genug das Hirtenmädchen gespielt.

Wenn mich eine dunkle Wolke überkommt – ich meine, ein Anflug von schlechtem Gewissen – dann flüchte ich in die Gartenarbeit. Dann wühle ich in der Erde und verausgabe mich. Danach geht es mir meistens ganz gut.

Im Moment arbeite ich viel auf der LAGA. Vielleicht ist das eine besondere Form der Vergangenheitsbewältigung. Schließlich bin ich dann meiner Leiche ganz nah. Genau dort hab ich sie nämlich entsorgt. Unter dem lila Blütenmeer liegt ein Düngestäbchen der besonderen Art. Carsten, der sich die LAGA jetzt von unten anschauen kann.

Tot überm Zaun hängt also keiner. Susanne Schürmann geht es schon so schlecht genug. Seitdem ich mit Robert liiert bin, jammert sie ständig nur rum. Aber ich denke, lange müssen wir uns das nicht mehr anhören. Robert, Lotta und ich, wir ziehen bald weg. Früher habe ich mir das ja nicht vorstellen können, aus Hemer wegzugehen. Aber man verändert sich halt. *Zauber der Verwandlung* nennt man das wohl.

Lippstädter Liebeshäppchen

Auf dem Friedhof waren mehr als dreihundert Menschen. In den Gesichtern Fassungslosigkeit. Wie anders sollte es sein, wenn ein Mensch stirbt, noch bevor er dreißig ist.

„Wie wäre es hier mit einem Gartenteich?" Günters Frage war keine wirkliche Frage. Es war eine Aussage. Ein Vorhaben. *Sein* Vorhaben. *Günter* plante das Haus für seine Tochter und seinen zukünftigen Schwiegersohn. Und zwar bei sich im Garten!

„Die Hausgrenze verläuft dann hier", Günter schritt eine imaginäre Linie ab. „Damit bleibt euch dort drüben noch genug Platz für ein bisschen Rasen und ... ", er zwinkerte Thomas zu, „... und für den Sandkasten natürlich."

Den Sandkasten! Günter plante nicht nur ihr Haus. Günter plante auch schon ihre Kinder! Als Nächstes würde er Thomas ein par Tipps geben, wann er am besten mit Netti ins Bett ging.

„Ich will euch da nicht reinreden ..."

Nein, Günter, überhaupt nicht!, dachte Thomas.

„... aber ich an eurer Stelle würde schon jetzt mal wegen der Baugenehmigung mit dem Sachbearbeiter sprechen. Ich kenn die doch alle. Schröder heißt der zuständige Mann. Ich bin seit Jahren mit ihm im Schützenverein. Wenn ich ein paar Worte mit dem rede, dürfte der Fall für euch erledigt sein."

Thomas versuchte, sich an seinem zukünftigen Schwiegervater vorbeizuschieben. Bloß raus aus diesem Garten!

„Wir sollten das noch mal in Ruhe besprechen", sagte er. „Weißt du, Netti und ich hatten in den letzen Wochen gar keine Zeit, uns um die Sachen zu kümmern."

„Aber das weiß ich doch!" Günter war ihm gefolgt und boxte ihm kameradschaftlich in die Seite. „Deshalb kümmere ich mich doch, Tommi. Wir haben jetzt November. Wenn wir im Frühjahr mit dem Bau beginnen wollen, dann müssen wir uns sputen."

Wir!, dachte Thomas verbittert, *wir!*

„Weißt du", erklärte Thomas, während sie sich dem Gartentor näherten, „so eilig haben wir es gar nicht. Wir wohnen doch ganz gut hier oben bei euch."

Darüber ließ sich streiten. Für Thomas war es im Grunde schon ein Fehler gewesen, mit Netti bei ihren Eltern ins ausgebaute Dachgeschoss zu ziehen. Denn damit hatte eine Vereinnahmung begonnen, die Thomas mehr und mehr auf die Nerven ging. Leider sah Netti das ganz anders. Aber das war nicht das Einzige, was sie in der letzten Zeit trennte.

„Tommi, ich will mich da gar nicht einmischen!", tönte Günter jetzt. „Das Ganze ist euer Ding. Euer Haus, eure Planung. Aber du bist vom Fach. Du weißt, dass die Zinsen so niedrig sind wie nie. Wer jetzt nicht baut, ist selber schuld."

„Wie auch immer", würgte Thomas ab, „ich muss jetzt los."

Er war schon in der Einfahrt bei seinem Fahrrad, als ihn auch noch Nettis Mutter erwischte. „Sehen wir uns heute Abend?" Lächelnd stand Uschi in der Haustür. „Kommt doch zum Abendessen herunter. Dann braucht ihr nicht zu kochen. Ist doch viel praktischer so!" Thomas nickte nur matt und schwang sich aufs Rad. Selbst schuld. Er konnte eben nicht Nein sagen. Nicht, wenn Günter und Uschi vorschlugen, zusammen in Urlaub zu fahren. Nicht, wenn sie ihn zum Abendessen einluden. Nicht, wenn sie ihre Ehe, ihr Haus und ihre Kinder planten. Er konnte nicht Nein sagen, schon lange nicht mehr.

Als Thomas die Mastholter Straße entlangfuhr, wurde ihm klar, dass das genau der Punkt war: *Nein* zu sagen.

Wie das wohl wäre, wenn er plötzlich bei der Trauung ...?

„Thomas Streiter, sind Sie willens, Annette Meisterjahn zur Frau zu nehmen?“

„Nein!“

Allein die Vorstellung ließ ihn erschaudern. Das war nicht möglich. Nicht in dieser Stadt. Nicht mit Netti, die ihn so sehr brauchte. Seit so vielen Jahren schon. Sechzehn war er damals gewesen, genau wie Netti. Zusammen waren sie aufs Ostendorf-Gymnasium gegangen. Beide Außenseiter. Netti wegen ihrer unglücklichen Figur. Vielleicht auch, weil sie auf den ersten Blick besserwisserisch wirkte. Und er, weil er nicht dazugehörte. Als Zugezogener hatte man es nicht leicht in Lippstadt. Nicht, dass die Lippstädter feindselig wären – sie waren zurückhaltend, warteten ab. Man brauchte Zeit, um sich aneinander zu gewöhnen.

In der Oberstufe hatten sie sich dann gekriegt, Netti und er. Und waren ein Paar geblieben, die ganze Schulzeit hindurch. Danach die gemeinsame Ausbildung. Sie bei der Sparkasse an der Spielplatzstraße, er bei der Volksbank gegenüber.

Es war einfach alles so praktisch gewesen – sie hatten zusammen gelernt, Thomas hatte sich in die Kreditabteilung hochgearbeitet, Netti war zunächst in der Anlageberatung tätig gewesen und dann an den Schalter gewechselt. Mit ihren Posten konnten sie gemeinsam alt werden. Uralt.

Thomas nahm von der Lipperoder Straße aus den Weg über das kleine Wehr und am Finanzamt vorbei. Er fuhr diese Strecke mehrmals am Tag und bevorzugte die Nebenwege, um in Ruhe und ohne Netti seinen Gedanken nachhängen zu können.

Als Thomas am Lippertor den Fluss überquerte, fing es an zu nieseln. Schon wieder. In den letzten Tagen hatte es fast nur geregnet. Thomas hielt einen Moment an und warf einen Blick über das Brückengeländer. Die Lippe führte Hochwasser, unter ihm gurgelten die Wassermassen.

Die Bäume links und rechts des Flusses standen wie zusammengekauert da, so als wollten sie die letzten verbliebenen Blätter an ihren Ästen unbedingt bei sich behalten. Gedankenverloren zog Thomas sich seinen Schal zurecht. Es war nicht nur nass, sondern auch verdammt kalt für einen Tag im November. Uschi hatte recht: Eine Hochzeit im Winter passte nicht zu einem perfekten Paar wie Netti und ihm. Eine Hochzeit im Regen – das passte zu Karen. Thomas durchzuckte es, noch bevor er den Gedanken zu Ende gedacht hatte. Wie um sich zur Räson zu bringen, trat er in die Pedale. Eine Hochzeit mit Karen war etwas, woran man nicht einmal denken durfte. Er war doch mit Netti zusammen. Seit 13 Jahren. In einem halben Jahr würden sie heiraten. Dann würde gebaut. Und dann würden sie Kinder haben und zusammen alt werden. Gemeinsam mit den Schwiegereltern in ihrem Garten am Qualenbrink – wobei der Straßenname durchaus wörtlich zu verstehen war.

Thomas fühlte sich plötzlich alt. Manchmal fühlte er sich so alt, dass man ihn ohne Probleme ins Kurbad nach Bad Waldliesborn hätte überweisen können. Mit neunundzwanzig schon so alt.

Karen war plötzlich da gewesen. In seinem Büro. Sie hatte wohl nicht geklopft oder er hatte es überhört – jedenfalls hatte sie auf einmal vor ihm gestanden. Mit kurzen braunen Haaren, einer unmöglichen Brille, blitzenden Augen und einem Lächeln, das die Welt stehenbleiben ließ.

„Sind Sie der Herr Streiter?“

Er hatte nur genickt. Wie immer hatte er nur genickt.

„Na, dann bin ich ja richtig“, hatte sie gemeint und Thomas fand, dieser Satz gehöre in Stein gemeißelt.

Sie arbeitete für die Kölner Consultingfirma, die die Bank neu strukturieren sollte. Sie machte Befragungen bei den Mitarbeitern, wuselte mit ihren Kollegen durch alle

Abteilungen und entwickelte Pläne, wie alles besser zu organisieren wäre. Von dem Augenblick an, als Karen in sein Büro gestolpert war, ließ er sie nicht mehr aus den Augen. Er bot an, ihr bei der Überprüfung der Kreditabteilung zu helfen. Dass er sie zum Essen einlud, gehörte zwar nicht dazu, aber er wagte es trotzdem. Er traute sich, als Netti für einen Tag in der Filiale in Benninghausen eingesetzt war. Geistesgegenwärtig erklärte er ihr am Telefon, dass er durcharbeiten würde und grübelte gleichzeitig darüber nach, wie er mit Karen die Mittagspause verbringen konnte. Auf dem Flur hatte er sie vor dem Konferenzraum wie zufällig abgepasst. „Heute Mittag schon was vor?“

„Was vor?“, hatte Karen leicht amüsiert wiederholt. „Nun, ich glaube nicht. Geht‘s heute nicht nach Hause?“

In dem Moment war ihm das Herz in die Hose gerutscht. Sie hatte also mitgekriegt, dass er jeden Mittag mit Netti zum Essen nach Hause ging. Weil das billiger war. Und praktischer natürlich. Und weil Uschi doch so gerne kochte.

„Ich dachte, man könnte vielleicht mal ins *Rokoko-Café* gehen“, hatte Thomas hervorgestoßen.

„Könnte man“, wieder hatte Karen verschmitzt gegrinst und schließlich gesagt: „Von mir aus gern. Um halb eins am Haupteingang?“

Er hatte genickt. Natürlich hatte er genickt.

Das Essen war eine Katastrophe gewesen. Das *Rokoko-Café* war ihm ideal erschienen – nicht nur wegen des wunderbaren stuckverzierten Raums mit seinem kultigen Ambiente, sondern vor allem weil dort mittags nicht viel los war. Aber als hätte man sich abgesprochen, hatten gerade an diesem Tag vier seiner Kollegen dieselbe Idee gehabt, und natürlich hatte man sich zusammengesetzt und sich über die Bank und die Arbeit von Karens Firma unterhalten. Die Kollegen hatten durchblicken lassen, dass sie den anstehenden Veränderungen nicht gerade positiv gegenüberstanden.

„Der Mensch ist ein Gewohnheitstier“, hatte Karen frech pariert. „Deshalb werden Veränderungen zunächst immer abgelehnt. Man muss lernen, sie als einen neuen Impuls im Leben zu begreifen.“ Natürlich war es kein Zufall, dass sie dabei Thomas angelächelt hatte. Nach dem Essen hatte sich Karen dann vor der Tür des Cafés bei ihm eingehängt.

„Noch ein kleiner Spaziergang?“, hatte sie vorgeschlagen. Schon wieder zurück ins stickige Büro, dazu hatte Karen keine Lust gehabt. Deshalb waren sie noch gemütlich die Luchtenstraße entlanggebummelt, und Karen hatte ganz begeistert vor ein paar kleinen, alten Häuschen gestanden und gemeint, in Lippstadt ließe es sich doch wunderbar wohnen.

„Eigentlich schon“, hatte Thomas gebrummt und war dann weiter Richtung Lippe gezogen. Als sie den Grünen Winkel erreicht hatten, hatte es plötzlich zu regnen begonnen. Nicht nur ein bisschen, sondern richtig. Es hatte geschüttet, und weder Karen noch er hatte einen Schirm dabeigehabt. Also hatten sie sich unter einen Baum gestellt, ganz dicht beieinander, und Thomas hatte Karen angeschaut – einen Moment zu lange.

„Komm!“ Karen war plötzlich losgerannt. „Wir werden eh nass, dann wenigstens mit Spaß.“

Thomas hatte einen Augenblick gezögert, dann war er hinterhergerannt. Sein Blazer war sofort durchgewesen, die Tropfen liefen ihm über die Stirn, als er Karen am *Park-Café* eingeholt hatte. Die hatte ihr Gesicht zum Himmel gereckt und das Wasser auf sich einprasseln lassen. Dann hatte sie Thomas an der Hand gepackt und war mit ihm zusammen weitergelaufen. Durch den Regen waren sie gerannt, hatten gelacht, sich gezogen und gebremst. Bis es plötzlich nicht mehr weiterging, oben am Plateau oberhalb des Spielplatzes. „Eine Sackgasse“, hatte Karen gerufen und ihn den Weg zurückziehen wollen, aber er hielt sie fest, ging einen Schritt auf sie zu und küsste sie. Mitten im strömenden Regen, mit Blick auf die Lippe hatte er Netti zum ersten Mal betrogen. Mit einem Kuss.

„Bist du glücklich?", hatte Karen gefragt, als sich ihre Lippen voneinander gelöst hatten.

Und Thomas hatte genickt.

Als er am Nachmittag in Karens Büro vorbeigeschaut hatte, war sie nicht mehr da gewesen.

„Sie ist schon abgezischt", erklärte ihr Kollege. „Hat sich wohl einen Schnupfen geholt. Kein Wunder, sie war ja klatschnass."

Doch auch am nächsten Tag war Karen nicht zur Arbeit erschienen. Und am übernächsten auch nicht.

„Die hat's richtig erwischt", erklärte ihr Kollege. „Die liegt mit Grippe im Bett."

Am Freitagnachmittag packten die Consultans ihre Sachen und fuhren zurück nach Köln. Die Auswertung ihrer Untersuchung und ihre Vorschläge zur Neukonzeptionierung würden direkt an die Geschäftsleitung gehen. Man bedanke sich für die gute Zusammenarbeit. Auf Wiedersehen.

Thomas war wie vor den Kopf geschlagen. Karen würde nicht mehr wiederkommen. Keine Chance, sie noch einmal zu sehen. Doch dann war er ins Grübeln verfallen. Konnte er sich das überhaupt wünschen?

Zwei Wochen war das jetzt her, und seitdem konnte Thomas sich kaum noch konzentrieren. Seine Gedanken waren ständig bei Karen. Bei diesem Regentag, der vielleicht der schönste in seinem Leben gewesen war. Bei der Frage, ob er sie anrufen sollte. Ob er versuchen sollte, ihre Adresse herauszubekommen. Allerdings fragte er sich auch immer wieder: Um dann was zu tun?

In seinem Leben hier in Lippstadt war kein Platz für Karen. Zwischen Hochzeit und Hausbau und Kreditplanung war überhaupt kein Platz für etwas anderes als Netti. Sie hatte auf ihn gesetzt. Ihr ganzes Leben hatte sie auf ihn gesetzt. Wenn er sie enttäuschte, dann würde sie wieder krank werden. Wie damals, als er den Job wechseln wollte. Als er das Angebot von der Hella bekam, dort als Controller einzusteigen.

Sie habe da kein gutes Gefühl, hatte Netti von Anfang an gesagt. Und als er trotzdem wechseln wollte, war sie krank geworden. Depressionen. Bis er das Angebot ablehnte. Da ging es ihr dann wieder gut. Netti war eben sensibel.

Und trotzdem hatte er in der letzten Woche versucht, Karen zu erreichen. In der Consultingfirma hatte er angerufen. Zweimal. Ohne Erfolg. Karen war außer Haus. Oder gerade nicht am Platz. Womöglich waren die Telefonistinnen präpariert. Vielleicht ließ sie sich verleugnen. Wer wusste das schon?

Als Thomas das Fahrrad abgestellt hatte und das Bankgebäude betrat, kam ihm eine Kollegin entgegen. „Herr Mehlhorn hat eben angerufen und seinen Beratungstermin für die Baufinanzierung abgesagt!"

Manchmal hasste Thomas seinen Beruf. Sicher, er machte Familien glücklich. Er verhalf ihnen mit einer guten Finanzplanung zu einem sorgenfreien Leben im eigenen Haus. Aber gleichzeitig erinnerte ihn das ständig an seine eigene Situation. An den Gartenteich. Und den Sandkasten. Und ein Leben mit Günter und Uschi hier in Lippstadt.

„Außerdem war Netti hier!", sagte seine Kollegin noch. „Sie wollte dich unbedingt sprechen."

Nicht auch das noch! Eine Mittagspause ohne ihn schien Netti kaum zu überleben.

„Und dann", fügte die Kollegin hinzu, „dann war da noch ein Anruf. Eine Karen Berg. Sie hat ihre Nummer hinterlassen."

Thomas hastete in sein Büro. Eine Handy-Nummer, auf einem gelben Post-it-Zettel. Seine Finger zitterten, als er die Tasten drückte. Karen war sofort am Apparat.

„Hallo Thomas!“ Karen lachte. „Du hast versucht, mich zu erreichen, nicht wahr? In der Firma.“

„Ja, ich dachte ... ich wollte eigentlich nur ...“

„Ich bin heute in Lippstadt. Vorgespräch mit einem neuen Kunden. Wenn du willst, können wir uns sehen.“

„Das wäre großartig.“ Thomas wurde von einer Woge der Erregung erfasst.

„Dann würde ich sagen – um sechs. Vielleicht in diesem Café, wo wir ...?“

„Nein!“, sagte Thomas sofort. Nicht noch einmal irgendwelchen Bekannten über den Weg laufen. „Wie wäre es an der Lippe? Da, wo ...“, er räusperte sich verlegen, „da, wo wir spazierengegangen sind. Du weißt schon. Im Park, in der Nähe des Cafés.“

„Einverstanden. Ich werde da sein! Bis dann!“

Thomas spürte ein Kribbeln im Bauch, das es ihm unmöglich machte weiterzuarbeiten. Er würde Netti etwas erzählen müssen, warum er nicht zum Abendessen kam, möglichst überzeugend. Noch ehe ihm etwas eingefallen war, klingelte sein Telefon.

„Thomas, wo warst du?“

„Netti, was gibt‘s?“

„Warst du zu Hause? Deine Kollegin hat so was gesagt.“

Warum fragte sie überhaupt noch, wenn sie eh Bescheid wusste?

„Ich bin etwas in Eile, Netti. Gibt es etwas Wichtiges?“

„Ich muss dir etwas zeigen. Heute nach der Arbeit.“

„Das wird kaum gehen“, Thomas holte tief Luft. „Ich habe nachher noch ein Kundengespräch. Um sechs.“

„Es ist aber absolut dringend, Tommi. Sagen wir um fünf?“

„Netti, ich kann nicht ständig ...“

„Ich komme bei dir in der Bank vorbei. Dann können wir alles ganz schnell erledigen. Um sechs bist du locker wieder im Büro.“

„Netti, nein ...!“

Thomas hatte tatsächlich Nein gesagt. Fragte sich nur, ob Netti das auch mitbekommen hatte. Nein, offensichtlich nicht. Denn um fünf rauschte sie in sein Büro.

„Eine halbe Stunde“, bettelte sie, noch bevor Thomas etwas sagen konnte.

„Netti, ich kann nicht. Ich muss noch ein paar Zahlen durchgehen.“

„Es ist dringend, Tommi. Morgen ist es vielleicht schon zu spät!“

Thomas wusste, dass sie übertrieb. Sie übertrieb immer. Aber letztlich war es sinnvoller, ihr den Gefallen zu tun, um anschließend endlich Ruhe zu haben.

„Meinetwegen“, grummelte er, „eine halbe Stunde und keine Minute länger.“

Draußen hakte Netti sich bei ihm ein und zog ihn durch die Kahlenstraße in Richtung Fußgängerzone. Thomas schluckte. Er war ein Gefangener. Jetzt, wo sie sich bei ihm eingehakt hatte und mit diesem dämlichen Gesichtsausdruck durch die Gegend zog, wurde ihm klar, dass er ein Gefangener war. Nettis Gefangener. Und Netti hatte starke Verbündete. Günter, der alles regelte, und Uschi, die Herrscherin über Haus und Herd.

„Es hat etwas mit der Hochzeit zu tun“, verriet Netti und sah ihn erwartungsvoll an. „Mit unserer Hochzeit.“

Thomas ahnte das Schlimmste. Die Restaurantfrage! Seit Wochen schon nervte Netti ihn mit ihren Überlegungen, wo es sich am besten feiern ließ. Nur in einem war sie sich bis jetzt sicher: Es sollte Pralinen geben, zum Kaffee nach dem Dessert. Und die sollten von *Peters* sein, der Lippstädter Edel-Confiserie am Rathausplatz. Seit Wochen probierte sie verschiedenste Sorten durch – was nicht unbedingt von Vorteil für ihre Figur war.

„Weißt du was, Tommi?“ Netti hing in einer Weise an ihm, dass er Rückenschmerzen bekam. „Manchmal denke ich: Wir sollten ganz verrückt heiraten."

Ganz verrückt? Was sollte das jetzt? Netti konnte nicht verrückt sein. Depressiv – sicher. Aber verrückt? Wenn Netti etwas nicht sein konnte, dann verrückt. Jedenfalls nicht in dem Sinne, dass sie etwas Ausgefallenes tat.

„Verrückt? Wie meinst du das?"

„Man liest das doch manchmal. Es gibt Leute, die heiraten unter Tage oder auf Schalke oder unter Wasser sogar."

„Beeindruckend", gab Thomas ironisch zurück. „Woran hattest du gedacht? Im Kanu auf der Lippe oder lieber in der Bank? Der Standesbeamte als Bankräuber verkleidet vorm Schalter?"

Die Idee war nicht schlecht. Wahrscheinlich musste er ja eh per Knarre zum Ja genötigt werden.

„Du bist ein Scherzbold!" Netti boxte Thomas genauso in die Seite wie am Nachmittag ihr Vater. Die Ähnlichkeit ist frappierend, dachte Thomas, und er glaubte nicht, dass das ein gutes Zeichen war.

Inzwischen hatte sie Thomas durch die halbe Fußgängerzone gezerrt.

„Um nochmal auf die Pralinenfrage zu sprechen zu kommen ...", sagte sie in diesem katzensanften Tonfall, den Thomas hasste wie die Pest. „Du weißt ja, ich hätte gerne ein originelles Hochzeitskonfekt für unsere Gäste. *Lippstädter Nüsschen* vielleicht." Netti blinzelte Thomas neckisch von der Seite an. „Sehr köstlich, ich habe erst gestern wieder welche probiert. Oder alternativ: *Lippstädter Liebeshäppchen.*"

Lippstädter Liebeshäppchen. Thomas musste schlucken.

„Also, wohin jetzt?" Seine Geduld war am Ende. Inzwischen waren sie auf dem Rathausplatz angekommen.

„Es ist nicht mehr weit", flötete Netti und zog ihn an der Marienkirche vorbei in die Marktstraße. Rechts war die Praxis eines Frauenarztes. Thomas fürchtete einen Moment lang, dass ... Nein, das konnte nicht sein, nicht bei ihrer Quote. Zum Glück – Netti ging weiter.

Dann sah er es, und sein Magen krampfte sich zusammen. Das Brautmodengeschäft. Natürlich. Netti wollte ihm einen weißen Fummel zeigen. Sie zog ihn mit einem seligen Lächeln vor das kleine Schaufenster. Thomas war sofort klar, was Netti gefiel. Ein Monstrum von einem Kleid. Mit allem Zipp und Zapp, Schleier und Rüschen und Schleppe und Schleifchen. Ein Albtraum. Schlimmer als Lippstädter Liebeshäppchen.

„Und? Was sagst du?"

„Ich habe Kopfschmerzen."

„Das ist alles?" Netti legte ihren beleidigten Gesichtsausdruck auf. Noch eine Bemerkung und sie würde heulen. Thomas fragte sich plötzlich, wie Karen heiraten würde. Niemals in so einem Albtraum. Karen? Niemals! Vielleicht in einem gelben Sommerkleid, mit Hut, das würde zu ihr passen, und nachher würden sie ins *Rokoko* gehen und sie würden ...

Thomas warf einen Blick auf die Uhr. Schon zwanzig nach fünf. „Ich muss jetzt gehen!" Paradoxerweise hatte Netti ihn ganz in die Nähe des Treffpunkts mit Karen geschleppt. Konnte er Netti hier loswerden? Das wäre am günstigsten.

„Netti, ich habe nicht länger Zeit", versuchte er es. „Wir sollten morgen über das Kleid sprechen." Langsam schlug er mit ihr am Arm den Rückweg über die Marktsraße ein.

„Weißt du, was eigentlich schade ist?" Netti hatte gar nicht hingehört. „Weißt du, früher hat man doch immer Verlobung gefeiert. Schade, dass dieser Brauch mehr und mehr verlorengeht." Netti zog Thomas am *Goldenen Hahn* vorbei, geradewegs Richtung Lippe.

„Ich muss jetzt in die Bank zurück", nahm er einen erneuten Anlauf. „Ich habe gleich noch das Gespräch."

„Ein bisschen Zeit haben wir noch. Lass uns ein paar Schritte bis zum Steinwehr gehen." Netti zog ihn einfach weiter. „Eigentlich fände ich es unheimlich schön, wenn wir uns schon vorher einander versprechen würden."

Thomas wurde unruhig. Was tat er hier? Er spazierte mit Netti geradewegs auf den Treffpunkt zu, den er mit Karen ausgemacht hatte. Und sie würde gleich hier auftauchen, während er mit Netti herumhampelte. Verstohlen blickte Thomas sich um. Mittlerweile war die Dämmerung mit Macht über den Grünen Winkel gezogen. Kein Mensch war zu sehen.

Netti hing an ihm wie eine Klette. Schnell zum Steinwehr. Vielleicht war sie dann zufrieden.

„Tommi!" Als sie die alte Brücke erreichten, drehte Netti ihn so, dass er ihr in die Augen schauen musste. Hellblaue Augen in einem weißen Quarkgesicht. Und dieses Gesicht sollte er heiraten? Das erschien ihm plötzlich unmöglich.

„Tommi, ich habe uns etwas besorgt."

Was denn jetzt noch? Netti zog ein Döschen aus der Tasche. Machten das nicht sonst immer die Männer?

„Tommi, ich möchte auf ewig mit dir zusammenbleiben." Tatsächlich, sie hatte Ringe besorgt. Verlobungsringe. Er hatte das Gefühl, dass er sich übergeben musste, gleich hier übers Brückengeländer. Er wollte sich nicht verloben, nicht mit diesem Quarkgesicht.

„Nein!", sagte er.

Ganz leise sagte er es.

Aber es ging. „Nein!"

„Was sagst du?" Netti sah ihn fassungslos an.

„Ich sagte Nein!"

„Wie meinst du das?" Netti schluckte. „Meinst du, es ist noch zu früh?" Dann fing sie sich. „Nein, du meinst, wir sollten das richtig feiern, ja? Nicht einfach hier in der Dunkelheit an einem alten, dreckigen Wehr ein paar Ringe tauschen. Du meinst, wir sollten das feiern, nicht wahr?"

„Nein!"

Die Fassungslosigkeit in Nettis Blick rührte Thomas einen Moment.

„Nein, ich meine das anders.“ Thomas nahm all seine Kraft zusammen. „Ich meine, dass ich mich nicht verloben will. Ich meine, dass ich dich nicht heiraten will.“ Seine Stimme wurde lauter. „Ich meine, dass ich kein Haus in den gottverdammten Garten deiner Eltern setzen will. Ich will keine Kinder von dir, und ich will nicht, dass du neben mir aus deinem beschissenen Lippstädter Häppchenkleid platzt.“ Seine Stimme überschlug sich. „Ich will nicht, dass ich auch in fünfzig Jahren noch in dein Quarkgesicht schauen muss. Ich will meine Freiheit zurück.“ Er riss ihr das Döschen mit den Ringen aus der Hand und schleuderte es in den Fluss. „Verlob dich mit jemand anderem, aber nicht mit mir!“

Netti stand einfach nur da und starrte ihn an. Ihre Mundwinkel zuckten. Wie aus dem Nichts rann plötzlich eine Träne über ihre Wange. Und noch eine. Dann beugte sie sich unvermittelt über das Geländer. „Die Ringe ...“, stammelte sie. „Du kannst doch nicht die Ringe ...“

Noch weiter beugte sie sich über das Geländer und auf einmal geschah es – fast wie von selbst. Eine kleine Bewegung nur. Seine Hände auf ihrem Rücken. Ein Schubs. Es war so wenig. Das Gleichgewicht verlor sich so schnell.

Als es passierte, erschrak Thomas dann doch.

Sie schrie, als sie ins Wasser fiel. Sie schrie ganz fürchterlich. Das Wasser musste eiskalt sein. Eine Sekunde später war sie verschwunden. Vom Strom mitgerissen. Wie ein Stück Holz. Plötzlich hörte er Schritte. Jemand kam angerannt. Karen. Thomas schwankte.

„Was ist passiert?“

„Netti“, stammelte Thomas, „sie ist in den Fluss gestürzt. Sie ...“

„Warum stehst du dann hier?“ Karen rannte die Uferböschung hinunter. Dann hörte er ein Platschen. Karen war gesprungen. Er hastete hinter ihr her. Als er selbst endlich das Ufer erreichte, sah er trotz der Dunkelheit, wie am anderen Ufer eine Gestalt aus dem Wasser kroch. Er hörte ein Wimmern. Ein Wimmern, das er nur zu gut kannte. Netti war gerettet. Von Karen gab es keine Spur.

Den Nachmittag der Beerdigung verbrachte Thomas im *Rokoko-Café*. Er saß am Fenster und starrte auf die Straße, in der Hand das Kästchen, das Netti ihm gegeben hatte. Er musste sich um eine Wohnung kümmern, so ging das nicht weiter. Die letzten Nächte hatte er bei einem Kollegen aus der Bank verbracht.

Netti hatte er erst am Vormittag in Köln auf Karens Beerdigung wiedergesehen. Offensichtlich war es ihr wichtig gewesen, Karen diesen letzten Dienst zu erweisen, nachdem die versucht hatte, ihr das Leben zu retten. Netti hatte ihn angeschaut, recht abgeklärt, wie er fand, und dann hatte sie gefragt, ob er mit nach Hause fahren wolle. Thomas hatte nur den Kopf geschüttelt, und Netti hatte gesagt, vielleicht sei es auch besser so.

Dann hatte sie ihm ein Kästchen gegeben, kleiner als das mit den Ringen. „Zum Abschied“, hatte sie gesagt, „mach‘s gut!“

Bis jetzt hatte Thomas noch nicht den Mut gefunden, das Kästchen zu öffnen. Ein Schleifchen war obendrauf. Typisch Netti. Vorsichtig hob er jetzt den Deckel an. Eine Praline. Das war ja fast originell. Dazu ein kleines Etikett. *Letztes Liebeshäppchen!* Thomas nahm das Konfekt in die Hand. Weiße Schokolade. Er schob sich die Praline in den Mund. Pistazienaroma, ein wenig Marzipan, allerdings auch ein leichter Beigeschmack. Thomas spülte mit einem Schluck Kaffee nach. Nachdenklich hielt er das Etikett in der Hand. Er verstand die Aufschrift erst, als ihm übel wurde. Doch da war es wohl einfach schon zu spät.

Kein Risiko in Schmallenberg

„Viel zu unruhig hier", sagte Aga, während sie an ihrem Milchshake nippte. Sie hatten sich bei praller Herbstsonne in einem Café niedergelassen, direkt am Briloner Marktplatz und mit unverstelltem Blick auf ein Bankgebäude.

„Da können wir ja gleich in die Bundeszentralbank einbrechen."

„Dann bleibt aber nicht mehr viel." Soffi hatte vor sich einen Notizblock liegen. *Winterberg* und *Willingen* waren aus der Städteliste schon herausgeflogen, mit einem schwarzen Filzer musste jetzt auch *Brilon* dran glauben.

„Vielleicht sollten wir noch weiter außerhalb suchen", schlug Walter vor. Er hatte seinen Underberg schon heruntergekippt und wartete nur darauf, sich einen zweiten zu bestellen. „Mir ist sowieso nicht wohl, wenn wir hier im Sauerland herumstochern."

„Und dann nehmen wir den Zug, oder was?" Aga hatte einen sarkastischen Ton aufgelegt. „Mein Käfer ist nicht rüstig genug für eine weite Strecke. Am Ende bleiben wir auf der Autobahn stehen. Dann können wir den ADAC bar aus der frisch erbeuteten Reisekasse zahlen."

„Das Auto ist sowieso das Problem." Walter hatte denkbar schlechte Laune. „Dieser hellblaue Wagen fällt doch überall auf. Und dann noch das Kennzeichen! Wahrscheinlich ist das das letzte Modell im gesamten Hochsauerlandkreis, das noch mit dem Arnsberg-Kürzel AR durch die Gegend fährt."

„Wir können ja auch deinen Rasenmäher nehmen", giftete Aga zurück. „Ist bestimmt deutlich unauffälliger."

Walter zog die Unterlippe vor. Darauf gab es nicht viel zu sagen. Nicht, seitdem er seinen Führerschein hatte abgeben müssen. Wegen der Augen. Oder besser: Weil irgend so ein dämlicher Polizist ihn in den Alters-Check geschickt hatte. Angeblich war er zu weit in der Mitte der Straße gefahren. Aber Himmelherrgott! An irgendetwas musste man sich doch orientieren! Und der Mittelstreifen war da nicht das Schlechteste!

„War nicht so gemeint!“ Aga strich Walter freundschaftlich über den Handrücken. Der schaute sie kurz an und winkte dann dem Kellner.

„Dann bleiben noch Bestwig, Meschede ...“, begann Soffi inzwischen die übriggebliebenen Städtenamen von ihrem Block abzulesen.

„Alles zu nah“, wiegelte Aga ab. „Meschede! Da können wir ja gleich bei uns in Arnsberg in die Bank hineinmarschieren und unsere Kundenkarte vorlegen. Außerdem“, Agas grüne Augen wanderten unruhig zum Kellner hinüber, der mit eiligen Schritten näher kam, „ich wäre dir dankbar, wenn du deine schriftlichen Aufzeichnungen verschwinden lassen würdest. Stell dir vor, du lässt mal irgendwo was liegen.“

„Jetzt reite nicht auf meiner Vergesslichkeit herum!“ Soffis Stimme bekam gleich wieder etwas Hysterisches. „Warte erst mal ab, bis du in mein Alter kommst. Außerdem bin ich noch ganz gut beieinander.“

Aga sparte sich eine Bemerkung, denn der Kellner war inzwischen am Tisch.

„Einen Underberg noch“, tönte Walter.

„Und mich würde interessieren, was der junge Mann da drüben hat.“ Aga zeigte auf das Getränk eines braungebrannten Wandertouristen, zwei Tische weiter.

„Latte macchiato”, der Kellner schaute belustigt, während er das sagte.

„Latte was?“, fragte Soffi.

„Ist da Alkohol drin?“, wollte Walter wissen.

„Sicher nicht“, betonte Aga und blinzelte dem Kellner

zu. „Aber ich nehme es trotzdem."

„Einen Latte macchiato für die junge Frau", sagte der Kellner und blinzelte zurück. Aga lehnte sich nach hinten und warf ausgelassen ihre schwarz gefärbten Locken zurück. Brilon war gar nicht so verkehrt. Auch wenn die Banken viel zu nah an der Fußgängerzone lagen.

„Eine Verkehrsfalle", urteilte Aga, als sie in Olsberg waren. „Wenn wir bei diesem Schlauch von Straße im Stau steckenbleiben, dann gnade uns Gott."

„Aber schön ist es hier", quakte Soffi von hinten. „Soviel bin ich früher nicht herumgekommen."

„Wir machen doch keinen Sonntagsausflug." Walter trommelte ungehalten mit den Fingern auf sein Knie.

„Kannst du mal anhalten?", ließ sich Soffi nicht aus der Ruhe bringen.

„Anhalten? Wieso?" Aga war entnervt.

„Weil ich dringend mal auf die Toilette muss."

„Schon wieder?" Aga warf einen wütenden Blick in den Rückspiegel. „Wie oft musst du eigentlich am Tag?"

„Ich such mir das nicht aus." Soffis Stimme klang weinerlich.

„Himmelherrgott, Schwesterchen, ich halte ja schon an."

Aga parkte an einer Bushaltestelle, und Walter quälte sich aus seinem Sitz.

„Und wo gehe ich jetzt hin?", fragte Soffi, als sie sich Minuten später vom Rücksitz nach draußen geschält hatte. Aga schloss die Augen. „Such dir halt ein Klo! Hier sind doch ausreichend Cafés vorhanden. Soffi, wie unselbstständig bist du eigentlich?"

Dann hatte sich Soffis Blick am Fenster einer Gaststätte festgesogen.

„Da steht was Komisches." Dabei deutete sie auf einen Schriftzug, der an der Scheibe angebracht war: *Goede burgerlijke keuken.*

Soffi streckte ihren Kopf ins Auto hinein. „Hat das was mit der neuen Rechtschreibung zu tun?"

„Nein, mit den Holländern", gab Aga trocken zurück. „Die machen hier nämlich massenweise Urlaub."

„Und warum kommen die nicht zu uns nach Neheim?"

Walter ließ sich mit einem Seufzer auf den Beifahrersitz fallen.

„Irgendwann bring ich sie noch um", stöhnte Aga, während sie Soffi zu einem Café laufen sah.

„Frag mich mal", sagte Walter. Dann drehte er sich mit dem ganzen Oberkörper zu seiner Schwägerin um. „Sie macht mich noch krank. Und sie macht mich alt. Wenn ich mit dir zusammen bin, Aga, dann bin ich ein ganz anderer Mensch."

„Tatsächlich?" Aga lächelte nach draußen.

„Überhaupt spüre ich, seitdem wir dieses neue Projekt haben, eine tiefe Verbundenheit mit dir." Walter legte seine Hand vorsichtig auf Agas Knie. Es war eine ungewohnte Berührung, die Agathe lange nicht gespürt hatte. Unweigerlich schoss ihr die Röte ins Gesicht.

„Du weißt, dass ich deiner Schwester nichts Böses will", Walter begann Agas Oberschenkel zu streicheln, „aber ich für mich habe das Gefühl, dass wir zu zweit in dieser Sache besser zu Rande kämen."

„Meinst du?" Aga blickte immer noch nach draußen. Von Soffi war noch nichts zu sehen. „Vielleicht, Walter, vielleicht hast du recht." Dann beugte sie sich zu ihrem Schwager hinüber und flüsterte ihm etwas ins Ohr. Walter färbte sich zusätzlich zu seiner Bluthochdruckröte sichtlich ein, dann hob er linkisch die Hand an Agas Wange.

„Aga, ich weiß gar nicht, wie ich ..."

„Lass mal, Walter!", sagte Aga souverän. „Da kommt Soffi von der Toilette zurück."

„Sind wir nicht ein tolles Gespann?", fragte Soffi drei Minuten später, als alle wieder ihre Position eingenommen hatten. „Walter, Soffi und Aga – das unerschrockene Seniorenterzett. Wo andere Rentner aufgeflogen sind, da erwischt man uns noch lange nicht. Auf nach Warstein, würde ich sagen."

Aga schaute amüsiert in den Rückspiegel ihres VW. Dann streifte sie Walter mit einem kurzen Blick. Der zwinkerte ihr zu. Das konnte Soffi von hinten nicht sehen.

„Was ist mit Soffi los?" Schulten Änne traf Walter, als der mit zwei Einkaufstaschen aus der Fußgängerzone in die Burgstraße einbog. „Sie ist so aufgedreht in letzter Zeit."

„Frag mich nicht nach den Launen von Frauen!" Walters Antwort war typisch.

„Gestern bei der Probe vom Frauengesangverein habe ich gedacht, die tanzt gleich auf dem Tisch, so ausgelassen, wie die war. Hat sie's an den Nerven? Oder nimmt sie ein neues Medikament?"

„Soffi? An den Nerven? Zu Hause ist sie die Ruhe selbst."

„Na, wenn du meinst", Änne guckte nicht überzeugt. „Dann noch was: Wie sieht es mit dem Seniorenausflug aus, am sechsten November? Ihr kommt doch mit, woll? Ich habe euch schon mal vorsorglich in die Anmeldeliste geschrieben."

„Seniorenausflug?" Walter kratzte sich am Kopf. „Wo geht die Reise denn hin?"

„Nach Fleckenberg ins Besteckmuseum, danach gemeinsames Mittagessen und anschließend der Nachmittag zur freien Verfügung in Schmallenberg. Ein wenig bummeln in der Stadt oder ein Spaziergang in Gottes freier Natur – jeder, wie er Lust hat."

„Ein wenig bummeln – aha." Walter kratzte sich wieder unter seinem Hut.

„Und das Ganze nur zwölf Euro pro Person. Die Gemeinde tut den Rest dazu."

„Ich werde mal mit Soffi drüber sprechen."
„Mach das, Walter. Gut gehn vorerst!"

„Das ist es! Warum hast du mir davon nicht früher erzählt?" Aga war ganz aus dem Häuschen.

„Von dem Seniorenausflug? Willst du vielleicht mitfahren?" Soffi war wie immer schwer von Kapee.

„Söffken", Aga fasste sie an den Schultern und sprach aufgeregt auf sie ein. „Das ist eine Gelegenheit. Das ist die beste Tarnung, die wir uns wünschen können."

„Tarnung?", fragte Soffi begriffsstutzig. „Wieso Tarnung?"

„Na, ihr beide fahrt bei diesem Seniorenausflug mit – wie geplant. Und am Nachmittag, wenn ihr eure freie Zeit habt, dann hole ich euch ab, mit meinem Auto."

„Am Bus?", fragte Soffi. Es wurde einfach nicht besser mit ihr.

„Wir verabreden einen Treffpunkt, Dummchen", Aga war wie in einer anderen Welt. „Und dann fahren wir in die Nähe der Bank, mit meinem Auto. Ich werde das vorbereiten. Warte es nur ab. Ich werde das hundertprozentig vorbereiten."

„Schmallenberg", murmelte Soffi. „Schmallenberg haben wir schon angeguckt. Und Schmallenberg war nicht gut geeignet. Schmallenberg hat enge Straßen, und Schmallenberg ist viel zu weit von der Autobahn entfernt."

Aga stemmte energisch die Arme in die Hüften. „Aber jetzt haben wir eine neue Situation. Schmallenberg hat durch euren Ausflug die perfekte Tarnung. Ab jetzt ist Schmallenberg geeignet. Kannst du das verstehen?"

„Du kennst da mehr von", sagte Soffi, und dann ging sie aufs Klo.

„Genau, ich kenne da mehr von", rief Aga ihr nach. Sie grinste noch, als man bereits die Klospülung hörte.

Aga war perplex, als Walter vor der Tür stand. Er war noch nie allein nach Niedereimer gekommen, noch dazu mit dem Bus. Seine Nase glänzte rot, wie er da vor der Tür stand. Und seine buschig-grauen Augenbrauen lugten kaum unter seinem Hut hervor.

„Walter!", sagte Aga und zog sich die Küchenschürze ab. „Ich habe gar nicht mit dir gerechnet."

„Vielleicht war das lange genug unser Fehler."

Aga sah sich misstrauisch um. So groß war Niedereimer nun wirklich nicht. Hier hatten die Laternen Ohren.

„Komm besser herein!", sagte sie und zog die Tür auf. Lange musste sie Walter nicht bitten.

„Wir haben viel zu besprechen", sagte er, während er sich die dunkelgrüne Allzweckjacke auszog. „Soffi hat mir das mit dem Seniorenausflug erzählt. Wir müssen die Sache voranbringen, und das geht nur im persönlichen Gespräch."

„Aber ein Kaffee muss schon sein", Aga machte sich auf den Weg in die Küche. „Setz dich her, dann können wir uns dabei unterhalten. Weißt du", fuhr Aga fort, nachdem Walter sich auf dem Küchenstuhl niedergelassen hatte, „ich habe das Ganze schon hundertmal durchdacht. Eins ist klar: Du musst rein in die Bank. Und zwar allein."

„Ich? Allein?" Walter ruckte nach vorn. „Ich dachte, du würdest mit ..."

„Walter, du bist der einzige Mann in der Truppe", Aga hielt inne beim Kaffeemachen und sah Walter durchdringend an. „Du hast eine souveräne Stimme. Und vor allem: Du hast eine junge Stimme! Kein Mensch würde dich im maskierten Zustand altersmäßig richtig einschätzen. Ich will sagen: Wenn du maskiert in die Bank gehst, dann werden alle denken, ein vierzigjähriger Mann stünde vor ihnen. Oder ein fünfzigjähriger. Und genau danach wird man nachher suchen. Nach einem fünfzigjährigen Mann und nicht nach einem um die siebzig."

„Meinst du?“ Walter war anzusehen, dass er nicht wusste, ob er sich über das Kompliment freuen sollte oder nicht.

„Genau das ist unsere Stärke, Walter. Man wird nach dem Überfall einen jüngeren Mann mit Auto suchen. Auf dich wird man im Leben nicht kommen. Erstens wegen deines Alters. Zweitens, weil du kein Auto besitzt.“

„Und wenn man sich an dein Auto erinnert?“

„Das ist genau der Punkt, Walter“, Aga verlagerte ihr Gewicht auf das andere Bein. Sie wirkte jung in ihrer neuen Stretch-Hose, das spürte sie. Sie wirkte unglaublich jung. „Mein Auto. Ich darf nicht zu nah an die Bank heran. Und dieses Problem hatte ich bislang nicht gelöst. Wie du nach dem Überfall schnell zum Auto kommst, meine ich jetzt. Denn das ist klar, wir planen einen Überfall ohne jedes Risiko. Hast du gehört, Walter? Ohne jedes Risiko. Und inzwischen weiß ich auch schon, wie. Mit dem Fahrrad.“

„Mit dem Fahrrad?“ Walter wäre beinah vornübergekippt.

„Fahrräder sind das Fluchtfahrzeug Nummer eins bei Banküberfällen. Und das hat seinen guten Grund!“ Aga stützte sich mit einem Arm auf dem Tisch ab und überstreckte ihren Oberkörper. „Stell dir Schmallenberg vor! Die Stadt ist eng. Mit dem Auto ein Problem. Aber Schmallenberg hat einen unschlagbaren Vorteil. Es liegt am Hang. Wir haben uns doch die Sparkasse angesehen. Erinnerst du dich? Die liegt noch oberhalb der eigentlichen Hauptgeschäftsstraße. Wenn man mit dem Fahrrad flieht, kann man sich problemlos ins Tal rollen lassen.“

„Ins Tal rollen lassen? Mit einem Fahrrad?“ Walter schaffte kaum mehr, als einzelne Sätze zu wiederholen.

„Nicht mit irgendeinem Fahrrad. Mit meinem Klapprad. Das steht drüben im Schuppen. Zwei Handgriffe, und es ist zu einer Größe zusammengeklappt, die sogar in meinen Käfer geht.“

„Und damit soll ich ... Aga, ich bin nicht mehr ... wie soll ich sagen ...“

„Walter, das ist die einzig machbare Lösung. Das Klapprad. Schau es dir gleich einfach mal an. Aber zunächst“, Aga griff nach einer Flasche, die oben auf dem Küchenschrank stand, „zunächst einmal nimmst du einen Schluck.“

Walter trank das Pinneken mit einem Zug leer und stellte das Glas so hin, dass unmissverständlich war, dass er ein weiteres wollte. Seine Schwägerin ließ sich nicht lumpen.

„Aga!“ Walter hielt sie plötzlich am Handgelenk fest. „Und in der anderen Sache, hast du da auch schon eine Idee? Das mit Soffi, meine ich jetzt.“

„Die Sache mit Soffi“, Agas Augen wurden zu Schlitzen. „Ruhig bleiben, Walter. Abwarten! Zu der Sache mit Soffi fällt mir garantiert auch noch etwas ein.“

„Bist du sicher?“ Walter wirkte atemlos.

„Es kommt immer darauf an, wie viel einem eine Sache wert ist. Und diese Sache, da sind wir uns doch einig, Walter, die ist uns verdammt viel wert.“

Noch ehe sie zu Ende gesprochen hatte, riss Walter mit einem Ruck Agas Kopf nach unten und küsste sie wild auf den Mund. Es war nass und wüst, viel schlimmer aber war der Knacks im Nacken.

„Walter“, japste Aga, als sie sich halbwegs befreit hatte. „So kenne ich dich ja gar nicht.“

„So wirst du mich bald öfter kennenlernen.“ Walter atmete heftig. Aga wusste nicht recht, ob wegen seiner Leidenschaft oder wegen seiner Pumpe.

Dann klingelte das Telefon. Aga rieb sich den Nacken, während sie ins Wohnzimmer ging.

„Soffi“, hörte Walter sie im Nachbarzimmer sagen. „Walter ist weg? ... Jetzt mach dir doch nicht sofort Sorgen. Er wird einen Spaziergang gemacht haben bei dem schönen Wetter ... Soffi, du musst ihm unbedingt mehr Freiräume lassen. Sieh doch einfach ein bisschen fern. Das lenkt dich ab ... Von mir aus. ... Ruf später noch mal an."

Als sie auflegte, stand Walter schon neben ihr. Und hatte seinen Arm um ihre Hüfte gelegt.

„Wir müssen die Ruhe bewahren", flüsterte Aga. „Nichts überstürzen. Walter, du siehst jetzt erst mal nach dem Klappfahrrad. Wir wollen ja in Schmallenberg kein Risiko eingehen, hörst du, Walter? Kein Risiko in Schmallenberg, auf gar keinen Fall."

„Kannst du auch nicht schlafen?" Soffis Stimme war in der Stille der Nacht furchtbar laut.

„Natürlich nicht." Walter knurrte mehr, als dass er sprach.

„Wir sollten es lassen." Soffi drehte sich mühsam auf die Seite, Walter zu. „Ich meine, uns geht es doch gut. Andere Leute in unserem Alter wären froh, wenn es ihnen ginge wie uns."

„Andere Leute in unserem Alter", schnaubte Walter. „Genau das ist dein Problem. Du tust, als sei das Leben schon vorbei. Aber mein Leben ist noch nicht vorbei. Vielleicht fängt es erst jetzt richtig an."

„Walter!" Soffis Stimme barg eine gewisse Entrüstung. „Nur weil Aga die Idee hatte. Dabei hatte sie schon immer ganz verrückte Ideen."

„Aga ist schon in Ordnung." Walter drehte sich ebenfalls auf die Seite, allerdings so, dass er Soffi den Rücken zuwandte.

„Und wenn was schiefgeht?"

„Was soll schon schiefgehen?"

„Na, alles Mögliche kann schiefgehen. Was ist, wenn dich jemand zurückhält? Wenn die Alarmanlage losgeht? Wenn die Polizei kommt?"

„Ich schaffe das schon."

„Und was ist, wenn die dich einfach nicht ernst nehmen?" Walter antwortete nicht.

„Walter?“

Vielleicht war er tatsächlich eingeschlafen. Manchmal ging das ganz schnell.

„Schade, dass Söffken nicht mitgekommen ist.“ Schulten Änne strahlte Walter an. Warum meinten eigentlich alle, sie müssten mit ihm reden?

„Konntest du sie denn gut alleine lassen?“

„Sie hat's an der Blase, wie immer. Bisschen Tee, dann wird das schon wieder.“ Walter drehte sich um, aber leider war Änne so leicht nicht abzuwimmeln. Vor einer Vitrine mit Silberbesteck hatte sie ihn schon wieder eingeholt.

„Weißt du, worüber wir letztens gesprochen haben, Erwin und ich? Ihr seid doch Silberkönigspaar dieses Jahr auf dem Schützenfest, Soffi und du. Wenn du noch mal den Vogel runterholen tätest, Walter, das wär doch ein Spaß.“ Änne lachte herzlich.

„Den Vogel?“

Änne klopfte ihm ausgelassen auf die Schulter. „War nur ein Scherz, Walter. Eine Gaudi wär's schon, aber das wollen wir doch lieber den jungen Leuten überlassen, was?“

„Jaja.“ Jetzt drehte sich Walter endgültig weg. Und Änne hatte mit Kirchhoffs Willi ein neues Opfer gefunden.

Blasenentzündung! Walter hätte sich denken können, dass Soffi kneifen würde. Das sah ihr ähnlich. Erst groß herumtönen, und wenn's drauf ankam, den Schwanz einziehen. Aga hätte das nie gemacht. Aga nicht.

Walter starrte weiter in die Vitrine, in der neben Essbestecken auch ausgefallene Einzelmesser ausgestellt waren. Was Aga sich wohl ausgedacht hatte? Abwarten, hatte sie immer wieder gesagt. Zunächst hieß es, den ersten Schlag zu überstehen. Walter sah auf die Uhr. Halb eins. Gleich gab's Mittagessen. Und danach, danach wartete Aga auf ihn. Walters Herzschlag ging doppelt schnell, wenn er daran dachte. Hoffentlich hatte Aga an alles gedacht.

Pistole, Maske, Tasche, Klapprad. Aber wie er Aga kannte ... Mit Aga konnte man Pferde stehlen. Walter wieherte verstohlen in sich hinein. Nicht nur Pferde, dachte er.

„Hast du dich gut absetzen können?" Agas Stimme klang so, als würde sie das jeden Tag machen. Professionell, konnte man sagen. Walter tat das gut. Verdammt gut.

„Ich habe gesagt, ich bräuchte frische Luft", erklärte er nervös. „Die anderen sitzen längst im Café und hauen sich frische Buttercremetorte rein. Mir war klar, dass niemand mitkommt."

„Wie lange hast du Zeit?"

„Fünf Uhr."

„Alles klar, Walter. Wir machen alles so, wie wir es zigmal besprochen haben. Du gehst zur Bank, wartest auf wenig Kundenverkehr und ziehst dir im Vorraum die Mütze runter. Verstanden?"

„Verstanden."

„Du gehst zügig rein, ziehst die Pistole aus der Tasche und sagst deinen Spruch auf. Kannst du ihn noch, Walter?"

„Achtung, dies ist ein Überfall", murmelte Walter fahrig vor sich hin. „Sollte sich jemand bewegen und die Alarmanlage betätigen, ist der erste Angestellte tot. Sämtliches Bargeld in diese Tasche. Sofort!"

„Wunderbar, Walter. Im Hauseingang zwischen Bank und Spielzeugmuseum steht das Klapprad. Dafür habe ich gesorgt. Damit gibst du Fersengeld, verstanden, Walter? Ich erwarte dich unten am Fluss. Du wirst nicht länger als fünf Minuten brauchen für die Fahrt. Alles klar?"

„Alles klar. Natürlich. Alles klar."

„Gut, dann ziehst du dich jetzt um."

„Umziehen, wieso umziehen?"

„Du solltest nicht die Sachen tragen, in denen man dich heute beim Ausflug gesehen hat", Aga griff im Auto nach hinten und zog eine Tüte nach vorn. „Hier eine Jeans, außerdem diese Sportjacke, in der du gut und gerne zwanzig Jahre jünger aussiehst."

„Wenn du meinst", Walter griff zögernd nach den Sachen, „aber wo soll ich mich umziehen?"

„Walter, ich bitte dich. Wir sind hier mitten im Wald." Aga sah ihrem Schwager tief in die Augen. „Du willst mir doch nicht erzählen, dass du dich genierst. Nicht nach allem, was wir uns in unseren kühnen Träumen ausgedacht haben."

„Aga-Mädchen!" Walter lehnte sich schweratmend zu seiner Schwägerin hinüber.

„Nicht jetzt, Walter. Auch wenn wir beide vor Sehnsucht fast umkommen. Du musst dich nun auf deinen Einsatz konzentrieren."

„Und du meinst nicht, dass wir vorher ..."

„Walter!" Agas Stimme war unmissverständlich. „Du ziehst dir jetzt die Sachen an! Wir haben keine Zeit für Mätzchen. Nicht jetzt, nicht hier. Kannst du das verstehen?"

„Natürlich."

Im Auto ging es nicht. Der Käfer war einfach zu eng. Draußen war es zwar kalt, aber zumindest etwas bequemer.

„Die Hose geht nicht zu", zischte Walter ins Auto. „Was hast du für eine Größe genommen?"

„XL. Größer gab's nicht in diesem modernen Laden."

„Soffi kauft immer in Nummern, nicht in Buchstaben", Walter schien sich ziemlich abzumühen. „Unten passt sie, aber oben nicht so richtig."

Aga stand auf und ging ums Auto. Die Hose war etwa einen halben Meter zu lang, und oben trennten zwei Zentimeter den Knopf vom Knopfloch, so dass der Blick auf Walters weiße Feinripp-Unterhose blieb.

„Fehlplanung", sagte Aga, „dann muss es eben ohne gehen. Aber wenigstens die Sportjacke ziehst du an."

„Wenn du meinst."

„Das meine ich." Aga half Walter in die Jacke hinein. Auch sie war zu eng, aber immerhin ging mit Mühe der Reißverschluss zu.

„So, Walter, jetzt geht es los. Das Klapprad hab ich deponiert."

„Das Klapprad", Walters Stimme sagte alles.

„Ohne Klapprad geht's nicht!" Agas Stimme sagte auch alles. „Wir haben es oft genug besprochen. Es ist ganz einfach. Mütze runter, Pistole raus, Spruch aufsagen und ab aufs Rad. Wir gehen kein Risiko ein, Walter. Das musst du wissen. Wir gehen kein Risiko ein. Verstanden?"

„Natürlich." Walter griff die Tasche fester und fühlte noch mal nach der Wollmütze auf seinem Kopf. Dann ging er los. Erst nach ein paar Schritten drehte er sich ein letztes Mal um. „Und wenn sie mich nicht ernst nehmen?", fragte er.

„Walter", Agas Blick war vorwurfsvoll.

„Ich weiß, kein Risiko", murmelte er monoton in sich hinein. „Kein Risiko."

Das Klapprad stand da. Auf Aga konnte man sich verlassen. Walter näherte sich vorsichtig dem Geldinstitut und spähte hinein. Darauf war er nicht vorbereitet! Bestimmt zehn Angestellte! Beim letzten Besuch waren es höchstens fünf gewesen! War er etwa zur Mittagspause hier gewesen? Zehn Mitarbeiter! Die konnte er doch nicht alle im Auge behalten! Unvermittelt ging Walter wieder nach draußen in den Hauseingang hinein, wo das Klapprad stand. Was hatte Aga sich nur dabei gedacht?

Walters Blick fiel auf das Fahrrad. Hatte Aga eigentlich errechnet, wie lange es dauerte, bis die Polizei hier war? Bestimmt! Aga war ein Zahlenmensch. Sie hatte sich immer um alles Geschäftliche in der Familie gekümmert. Um Soffis Rentenbescheid, seine Versicherungen, alles. Aga hatte sicherlich alles durchdacht. Nur diese vielen Angestellten in der Bank! Unruhig ging Walter im Durchgang hin und her. Sollte er die ganze Aktion abbrechen? Aber Aga hatte gesagt, es gäbe kein Risiko. Und überhaupt: Wenn er unverrichteter Dinge zurückkäme, bräuchte er Aga nie wieder unter die Augen zu treten. Wieder einmal fasste Walter an seine Brust, wo sich in der Jackentasche die Pistole befand. Unvermittelt fiel sein Blick auf das Schild an der Wand gegenüber. Die Öffnungszeiten des Spielzeugmuseums. Was, wenn die Angestellten sofort erkannten, dass es sich um eine harmlose Plastikwumme handelte? Vielleicht kannten die sich aus, wenn sie schon neben dem Spielzeugmuseum arbeiteten.

Dann kam Walter ein anderes Bild vor Augen. Er und Aga auf einer Südseeinsel. Mit einem Cocktail oder einem Latte dingsda. Walter kicherte in sich hinein. Dann versuchte er sich zu konzentrieren. „Achtung, dies ist ein Überfall!“, murmelte er vor sich hin. Er würde es jetzt tun. Er würde jetzt hineingehen und es tun.

Die Gelegenheit war günstig. Kein einziger Kunde im Raum. Seine Finger zitterten, als er in die Tasche griff. Halt! Er zog die Hand zurück. Erst die Wollmütze übers Gesicht. Verflixt, er hatte ja die Brille noch auf. Zu Hause hatten sie immer ohne geübt. Aga hatte gemeint, auf die Distanz käme er schon klar. Walter war sich da plötzlich gar nicht so sicher. Vergeblich versuchte er, den engen Wollstoff über die Brille zu zwängen. Das Gestell verschob sich und hing ihm jetzt schräg über der Nase. Walter hörte, wie hinter ihm die automatische Glastür aufging. Er presste sich in eine Ecke des Vorraums. Jemand ging hinter ihm vorbei nach drinnen. Jetzt war doch ein Kunde im Raum, und Walter kämpfte immer noch mit der Mütze! Schließlich riss er sich die Brille herunter und steckte sie in die Jackentasche. Mit einem weiteren Griff rollte er die Wollmütze über sein Gesicht und zupfte sie so, dass die Augenlöcher richtig saßen. Er konnte trotzdem nicht viel sehen. Dennoch war Walter klar, dass es jetzt kein Zurück mehr gab. Er schluckte und trat um die Ecke in den großen Kundenraum hinein. Soweit er das aus seiner Perspektive beurteilen konnte, nahm niemand Notiz von ihm. Verflixt, er hatte die Pistole vergessen. Hektisch griff er in seine Jackentasche, kriegte die Brille zu fassen, schob sie wieder zurück und zog endlich die Pistole heraus. Eisern hielt er sie hoch. „Das hier ist ein Überfall!“, rief er. Er merkte sofort, dass es nicht laut genug war. „Keine falsche Bewegung!“, schrie er deshalb aus Leibeskräften „Falls jemand die Alarmanlage betätigt, gibt es den ersten Toten.“ Er spürte eine gelähmte Stille um sich herum. Leider konnte er nichts Genaues erkennen.

„Hier!“ Er ging die zwei Schritte auf eine verschwommene Gestalt zu, an dem Schalter, der ihm am nächsten schien, und hielt seine Tasche hin. „Alles Bargeld hier rein. Aber dalli!“

„Dies ist nur der Info-Schalter“, hörte er eine zittrige Stimme sagen. „Ich hab hier gar kein Geld!“

„Dann holen Sie welches!“ Walter fuchtelte mit der Pistole herum. „Schneller!“

Walter sah verschwommen, wie der Mann zögernd die Tasche nahm und quer durch den Raum ging. Walter blickte sich um. Da stand noch jemand in der Nähe, der Kunde wahrscheinlich. Walter richtete jetzt die Waffe auf ihn.

„Schneller!“, brüllte Walter. Endlich schien der Bankmitarbeiter angekommen. In ein paar Metern Entfernung sah es aus, als stopfe er etwas in die Leinentasche.

„Alles da rein!“ rief Walter, um die Lage im Griff zu behalten, „und dann her damit!“

Die verschwommene Gestalt kam jetzt langsam auf ihn zu und streckte die Tasche weit von sich.

„Gut gemacht!“ Walter griff nach der Tasche.

„Keiner verlässt den Raum!“ Die Sache lief. Walter merkte, dass die Sache lief. Jetzt musste nur noch die Klapprad-

Nummer funktionieren. Erst an der automatischen Glastür drehte er sich um. Die Treppenstufen wäre er beinahe hinuntergestürzt. Draußen war die Abenddämmerung hereingebrochen. Das war hilfreich. Im Laufen riss sich Walter die Wollmütze vom Kopf und steckte sie in die Tasche. Dann fingerte er in der Jacke nach seiner Brille. Inzwischen war er am Klapprad angekommen. Als er die Brille herauszog, merkte er, wie ein Bügel nachgab. Zum Glück nur verbogen. Walter setzte die Brille hektisch auf. Dann rollte er die Leinentasche zusammen und klemmte sie auf den Gepäckträger. Ein paar Meter lief er neben dem Rad, dann endlich würgte er sich hinauf. Nur weg hier, dachte er, während er in die winzigen Pedalen trat, nur weg hier! Er überholte eine Frau mit Kinderwagen, die auf dem Bürgersteig ging. Als er nach etwa hundert Metern eine Polizeisirene hörte, fiel er beinahe vom Sattel. Er versuchte sich zu beruhigen. Die Polizei fuhr jetzt erst zur Bank, und sie kam ihm nicht entgegen. Gleich würde er in einen Fußweg einbiegen, auf dem man ihm nicht folgen konnte. Was wollte er mehr? Trotzdem merkte er zu spät, dass er die Abfahrt verpasst hatte. Er hätte am Gasthof Stoffels links abbiegen sollen und war stattdessen weitergefahren. Kurzerhand bog er an der nächsten Straße ab, direkt an der riesigen Kirche, dem Sauerländer Dom. Walter konzentrierte sich auf den Weg. Verflixt, hier war Kopfsteinpflaster, und noch dazu war es fürchterlich steil. Walter konnte gar nicht soviel bremsen, wie er gemusst hätte. Mit vollem Karacho raste er das Pflaster hinunter und auf die Hauptverkehrsstraße zu. Walter stemmte sich in die Eisen und geriet ins Schlingern, bis er sah, dass auf der Hauptstraße kein Auto fuhr und er sie mit vollem Tempo überqueren konnte. Eine Bärenskulptur huschte an seinem Auge vorbei, als er in die nächste Nebenstraße donnerte. Aga hatte es ihm als Vorteil verkauft, dass er nur bergab fahren musste, aber er hätte die Strecke mit dem Rad vorher selbst ausprobieren sollen! Was jetzt kam, war noch schlimmer. Hier hatte die alte Stadtmauer gestanden, und der Weg schlängelte sich in Serpentinen ins Tal. Das kleine Fahrrad entwickelte eine unglaubliche Geschwindigkeit. Walter stellte sich hin, um seinen Bremsversuchen mehr Kraft zu verleihen, aber die winzigen Räder ließen sich kaum halten. Um ein Haar hätte Walter die nächste Kurve nicht gekriegt. Mit einem Ärmel ratschte er eine Mauer entlang. Dann gleich noch eine Kurve. Zum Glück war hier niemand zu Fuß unterwegs! Endlich schien das Schlimmste überstanden. Der Weg wurde ebener, das Rad konnte ausrollen. Walter atmete tief durch. Das hätte ins Auge gehen können. Auf dieser Höllenfahrt hätte er sich gut und gerne dreimal das Genick brechen können. Er merkte, wie verschwitzt er war. Sein Herz pumpte wie verrückt. Das war nicht gesund. Das war garantiert nicht gesund! Walter versuchte, sich zu beruhigen. Er musste wieder trampeln. Zwischendurch sah er sich um. Über ihm lag die beleuchtete Stadt, vor ihm in der Abenddämmerung die sauerländische Herbstlandschaft. Jetzt galt es nur noch, zum Auto zu kommen. Als er den Fluss überquerte, hatte er sich etwas beruhigt. Wie hieß das Gewässer noch? Lenne? Wenne? Irgend so etwas hatte Aga doch gesagt. Aga! Walter legte einen Zahn zu. Einen Kilometer gerade Strecke, hatte Aga gesagt, immer den Weg lang auf die Niederlassung von Falke-Socken zu. Das wär doch gelacht, dachte Walter, wenn ich den Rest nicht auch noch schaffte. Das wäre doch wirklich gelacht!

Aga stand mit ihrem Auto hinter einer Gruppe von Bäumen auf einem Wirtschaftsweg „Ich hab's geschafft", keuchte Walter, als sie aus dem Auto stieg. „Aga, ich habe es wirklich geschafft."

„Sehr gut, Walter!" Agas Stimme war geschäftsmäßig, „aber wir müssen uns beeilen. In einer Viertelstunde musst du am Bus sein, dich vorher noch umziehen und das Fahrrad verstauen. Vorne auf der Motorhaube liegt deine Jacke. "

„Aga, hast du mir das zugetraut?" Walter war noch immer ganz aus dem Häuschen.

„Nun geh dich umziehen, Walter!" Agas Aufforderung ließ keinen Widerspruch zu. Dennoch brabbelte Walter auch beim Umziehen weiter munter vor sich hin. „Es war ganz leicht. Ich bin einfach rein, dann habe ich die Pistole gezogen, und sofort war alles mucksmäuschenstill." Walter kicherte schadenfroh, während er die Sportjacke beiseite legte. „Du glaubst gar nicht, was für einen Respekt die vor mir hatten." Euphorisch kam Walter jetzt in seiner alten Jacke ums Auto herum. „Wenn ich gesagt hätte: Macht alle mal einen Kopfstand, dann hätten die glatt einen Kopfstand gemacht. Und wenn ich gesagt hätte ..." Walter hielt plötzlich inne, als er sah, dass Aga vorm Klapprad stand und ins Innere des Leinenbeutels starrte.

„Ist was, Aga?" Walters Gesichtsfarbe war mit einem Mal blasser geworden.

Aga kramte jetzt hektisch in der Tasche herum. Irgendwann schüttete sie den ganzen Inhalt auf den Weg.

„Was ist das?" Walter starrte auf das Häufchen, das zu Agas Füßen lag.

„Abfall!", brüllte Aga. „Ein paar Fünf-Euro-Scheine. Ansonsten haben sie den Inhalt ihres Mülleimers in deine Tasche gestopft!"

Wütend stapfte sie zum Auto. Als sie sich umblickte, war Walter noch nicht wieder bei sich. Fassungslos starrte er noch immer auf den Abfallhaufen. Dann begann er zu taumeln. Er schwankte zwei Schritte auf Aga zu. Plötzlich stürzte er und fiel schwer auf den Teer.

Aga stutzte einen Augenblick und sah auf ihren Schwager nieder. Dann begann sie eilig, den Abfall einzusammeln. Als sie sich an der Schraube des Klapprads zu schaffen machte, hörte sie plötzlich eine Melodie aus dem Auto. *Er gehört zu mir*, der Klingelton ihres Handys. Aga sah sich aufmerksam um. Auf dem Weg war weit und breit niemand zu sehen. Dann lief sie zum Auto und kramte nach dem Handy. Es war unter den Sitz gerutscht, da, wo die Leinentasche lag, die Walter aus der Bank mitgebracht hatte.

„Soffi, hör zu, ich habe keine Zeit ... Nein, das kann ich noch nicht absehen. Dreißigtausend, schätze ich, vielleicht ein bisschen mehr ... Die Sache mit Walter?“ Aga warf einen Blick zu ihrem Schwager hinüber, der regungslos dalag. „Schwesterchen, ich habe dir immer gesagt: Abwarten, mir fällt schon etwas ein! ... Und glaub mir, Soffi: Das Abwarten hat sich gelohnt ... Ja, die Sache mit Walter ist erledigt. Für immer, würde ich sagen. Für immer, Soffi, trink dir einen Grog! ... Ach, Soffi?“ Aga war noch ein Letztes eingefallen. „Suchst du in der Zwischenzeit schon mal Walters Lebensversicherung heraus?“

„Ich finde es gut, dass du trotzdem mitkommst.“ Schulten Änne strich Soffi liebevoll über den Arm. „Nach allem, was du mitgemacht hast.“

Soffi schaute einen Moment lang zu Boden, dann fing sie sich wieder.

„Du darfst dich nicht zurückziehen – jetzt, wo Walter nicht mehr lebt.“

„Ich weiß“, Soffi zog eine Packung Tempos aus der Tasche. „Weißt du, wenn ich meine Schwester nicht hätte – Stell dir vor, sie plant sogar einen Urlaub für uns. Aga träumt von einer Südseeinsel, aber ich weiß noch nicht, ob das was für mich ist.“

„Nun gönn dir mal was!“, Änne gab Soffi einen Stups in die Seite. „Walters Herzinfarkt war tragisch genug. Ich denke selbst noch oft genug an den Tag. Erst die Aufregung, weil Walter nicht zum Bus kam. Dann die ganzen Polizeiwagen vor Ort wegen des Banküberfalls.“

„Hat man den Täter eigentlich inzwischen gekriegt?“ Soffi tupfte sich mit einem Taschentuch die Augen.

„Wenn, dann hätte man das sicher gehört. Vielleicht macht er beim nächsten Mal einen Fehler. Die machen's ja immer wieder, und irgendwann – zack – dann werden sie erwischt."

„Sicher hast du recht", Soffi schnäuzte sich zum Abschluss noch die Nase. „Zack – dann werden sie erwischt."

„Na, Hauptsache, du bist heute dabei, wo wir auf Tour gehen", Änne fasste ihre Freundin herzlich unter. „Warst du schon mal in Olsberg, Soffi?"

Die lächelte tapfer. „Ach, weißt du, mit Walter bin ich nicht viel rumgekommen. Er blieb am liebsten zu Hause. Du weißt ja, er war einfach nicht so der Risikotyp."

Endstation Oeventrop

Ich bin auf 180, als ich den Zug betrete. Ich weiß nicht, warum ich mir das antue. *Sauerland-Express!* Hört sich nach Milchkannen an. Hört sich nach etwas an, womit ich nicht fahren möchte. Warum hat mich dieser Scheißkerl nicht in Hagen abgeholt? Wenn ich das geahnt hätte, wäre ich gar nicht losgefahren. Aber spätestens in Hagen hätte ich umkehren sollen – zurück nach Düsseldorf – anstatt mit der Bummelbahn in die Pampas zu fahren.

Draußen geht grölend ein Trupp Männer vorbei. Sie tragen einen Bierkasten mit sich, und jeder hat einen Trolley dabei. Ein Kegelclub wahrscheinlich. Ein Kegelclub, der ins Sauerland fährt. Da gibt's doch dieses Riesenvergnügungshotel in Willingen. Sauerlandstern. Da fahren die garantiert hin. Die Meute sammelt sich an einer Tür und steigt ein. Hoffentlich laufen sie jetzt nicht in meine Richtung! Das fehlte mir noch – diese singenden Kerle in meinem Abteil! Das Schicksal ist ausnahmsweise gnädig. Sie marschieren in die andere Richtung, lautstark singend natürlich. Dann überlege ich. Fährt der Zug nach Willingen? Ich bin irritiert. Auf meiner Ablage liegt ein Faltblatt. *Ihr Zugbegleiter für den Sauerland-Express* steht vorne drauf. Dann die Haltestellen. Ich überfliege die Orte. *Oeventrop,* da muss ich raus. *Meschede, Marsberg* ... Willingen ist nicht dabei. Aber man kann in Bestwig umsteigen, um noch tiefer ins Sauerland zu kommen. Was soll mir das sagen? Es geht alles noch schlimmer?

Hinter mir reißt plötzlich jemand die Tür auf, quetscht sich samt Riesenrucksack durch und lässt die Tür offenstehen. Er geht weiter, durch den Abteilwagen durch, obwohl alles frei ist, läuft ins nächste Abteil. Dies scheint ein

Durchgangsabteil zu sein. Ein Durchgangszug. Alle rennen nur durch. Keiner will bleiben. Was niemanden wundern muss, denn der Zug fährt nicht los. Seit zehn Minuten steht er hier und fährt nicht los. Ein abgestellter Zug, durch den man mal durchgehen kann, um den Kindern zu zeigen, wie Züge früher aussahen. Ich hasse Zugfahren sowieso. Dass ich jetzt auch noch mit einem verstaubten Oldtimer fahren muss, der Sauerland-Express heißt, macht es nicht besser. Wütend stehe ich auf und schließe die Tür. Dann schaue ich aufs Handy. Keine Nachricht. Keine Entschuldigung. Ich hasse ihn. Ich hasse ihn, weil ich mich zu ihm aufgemacht habe. Ich bin keine Frau, die Männern hinterherrennt. Ich hab das nicht nötig. Aber warum fahre ich dann in die Wildnis, um ihn zu besuchen? Und wieso erdreistet er sich, mir per SMS mitzuteilen, er schaffe es nicht nach Hagen, aber um 15.13 fahre ein Zug? *Überhaupt kein Problem. Der Sauerland-Express ist eine tolle Verbindung. In Oeventrop hol ich dich ab.*

Mein Gott, hätte mir früher jemand erzählt, dass ich mich in einen Mann verliebe, der in „Oeventrop“ wohnt, ich hätte gelacht. Gut, er arbeitet in D'dorf. Zumindest vier Tage die Woche. Aber er wohnt am Ende der Welt. Das hätte mich abhalten müssen.

Dann öffnet sich wieder die Tür. Zwei Frauen bereichern unser Abteil, aufgenudelt, dümmlich, übergewichtig. Sie mustern mich kurz, gehen dann weiter, die zweite schließt die Tür, nur leider nicht ganz. Ich werfe ihr einen feurigen Blick zu, den sie leider nicht sieht. Stattdessen tapert sie hinter ihrer Begleiterin her, bis zum nächsten Vierersitz. Dort lässt man sich nieder.

Gut, dass ich meinen Vierer mit meiner Reisetasche verbarrikadiert hab. Diese Provinztussen hätte ich jetzt wirklich nicht gebraucht. Ich überlege, ihnen nachzuschreien, dass sie die Tür schließen sollen. Dann entscheide ich, die sind mir zu doof. Ich bin manchmal etwas unkontrolliert.

Hysterisch, wie einer meiner Partner mal sagte. Hysterisch ist falsch. Ich bin temperamentvoll. Eine temperamentvolle Frau. Männer stehen auf temperamentvolle Frauen. Wenn jemand das beurteilen kann, dann ich. Dennoch weiß ich, dass ich es nicht nötig habe, mein Temperament bei Frauen zu verschleudern, die nebenan jetzt banale Themen erörtern. Ich stehe deshalb auf und schließe selber die Tür. Lautstark natürlich.

Kaum sitze ich, reißt schon wieder jemand die Tür auf. „Tür zu!", will ich schreien, tue es aber doch nicht, als eine Frau sich hineinschiebt. Man kann ihren Unterrock sehen. Das ist der Grund, warum ich nicht alt werden will. Ich möchte nicht, dass irgendwann Leute meinen Unterrock sehen.

„Fährt der nach Brilon-Wald?", fragt sie.

Brilon-Wald!

Falls dieser Zug nach Brilon-Wald fährt, möchte ich aussteigen.

Ein Zug, der in Brilon-Wald hält, hält auch in Oeventrop-Weide. Oder in Marsberg-Strauch.

„Keine Ahnung!", murmele ich. Schließlich habe ich den Zugbegleiter nur überflogen.

„Ja, der fährt nach Brilon-Wald", sagt eine der Schabracken einen Sitz weiter.

„Danke, das ist aber nett", sagt die Frau.

Dann zieht sie weiter. Und lässt die Tür offenstehen!

Mein Handy vibriert. Eine SMS! *Musste erst die Kinder fahren. Hole dich aber wie versprochen in Oeventrop ab.*

Er musste die Kinder fahren. Ich fasse es nicht. Wird das hier ein Spiel- und Spaß-Wochenende mit den Kleinen? Ich könnte verrückt werden. Ich habe gesagt: „Es ist okay, wenn du Kinder hast, aber ich werde nicht ihre Mutter." Das habe ich klar formuliert. Da kann er mir jetzt nicht durch die Hintertür die Kinder ans Bein binden.

Ich drücke die Anruftaste. Lasse es läuten. Keiner

geht ran. Verflixte Hacke. Er hat mir gerade eine SMS geschrieben. Warum nimmt er dann jetzt nicht meinen Anruf entgegen?

Wieder reißt jemand die Tür auf. Im selben Moment fährt der Zug an. Verflixt, der Zug fährt. Ich hätte noch aussteigen sollen. Ich hätte auf jeden Fall aussteigen sollen! Jetzt fahre ich nach Oeventrop zu einem Kinder-Erlebnis-Wochenende! Ich möchte nach Düsseldorf und nicht nach Brilon im Wald.

Der Typ, der das Abteil betreten hat, schließt die Tür. Ich bin so in Fahrt, dass ich trotzdem beinah „Tür zu!" brülle. Er steuert auf den Vierersitz neben mir zu, verstaut seinen Aktenkoffer oben auf der Ablage und lässt sich schwer in den Sitz fallen, ohne auch nur ein einziges Mal rüberzugucken. Gedankenverloren stiert er nach draußen. Schwarzes, dichtes Haar. Nicht unattraktiv. Mitte, Ende Vierzig, das Alter, das genau auf mich steht. Ein Geschäftsmann. Nichts Schickes, kein Banker im feinen Nadelstreif, eher solide. Baubranche. Stahl. Irgendetwas, das ins Sauerland passt. Er sieht abgespannt aus. Er kommt von einem Geschäftstermin. Er fährt nach Haus.

Noch immer guckt er nicht herüber zu mir. Das ist selten. Meistens ziehe ich schnell die Blicke auf mich. Das ist nun mal so. Ich habe tolle Beine. Deshalb trage ich gern kurze Röcke. Nicht ganz kurz natürlich, sondern mit Stil. Meine Röcke enden knapp oberhalb des Knies, so dass man gern mehr sehen möchte. Darüber einen kurzgeschnittenen Kittel. Als Chemisch Technische Assistentin trage ich bei der Arbeit meist einen Kittel. Darunter einen Rock. Und ich kann wohl sagen, dass das meinen Kollegen gefällt. Egal, wie hektisch es in der Firma auch zugeht – die Herren Chemiker verlassen nie das Labor, ohne einen Blick auf meine Beine geworfen zu haben. Nur der Typ da vorne reagiert überhaupt nicht. Der muss richtig fertig sein. Der nimmt überhaupt gar nichts wahr. Schaut nach draußen, denkt nach, wirkt überhaupt ziemlich blass.

Ich schaue auch nach draußen. Ich muss keine Zweite-Klasse-Geschäftsmänner beobachten, die kein Interesse an mir haben. Die zu ihrer Ehefrau ins warme Nest fahren und sich ansonsten mit Arbeit begnügen.

Es kommt eine Durchsage: *„Nächster Halt Schwerte. Ausstieg in Fahrtrichtung rechts.“*

Die beiden Frauen von nebenan packen ihre Sachen zusammen, gehen an mir vorbei. Sie grinsen innerlich. Sie grinsen, während sie an mir vorbeigehen. Sie machen sich über etwas lustig, das mit mir zu tun hat. Frauen haben häufig ein Problem mit mir. Sie haben ein Problem mit mir, weil ich sie aussteche. Weil sie neben mir verblassen wie ein Mauerblümchen. Trotzdem ärgert es mich, wie die zwei grinsen. Sie gehen vorbei – und lassen die Tür offenstehen. Ich möchte ihnen hinterherbrüllen, diesmal aber wirklich. Dann fällt mein Blick auf den Typ nebenan. Ich möchte nicht brüllen in seiner Anwesenheit. Er ist ignorant, aber ich möchte in seiner Anwesenheit trotzdem nicht brüllen. Der Zug fährt an.

Der Typ nebenan fängt an zu kramen. Noch immer hat er seinen Trenchcoat an. Der war teuer. Solide, aber teuer. Er nimmt jetzt sein Handy heraus, schaut drauf, behält das Handy in der Hand, schaut wieder nach draußen. Dann fängt er an zu wählen.

„Guten Morgen, Herr Dr. Vogt, Klaus Winnenberg hier. Ich melde mich wegen – genau – “ Er spricht gewinnend, freundlich, bemüht. Er muss laut sprechen, denn die Tür ist ja auf. Der Zug rattert heftig. Zugfahren im *Sauerland-Express* hat den Charme eines Treckerausflugs. Genau, was ich brauche. Ich schaue nach draußen. Ich hasse Bernd, denke ich. Ich hasse Bernd, weil er mich nicht in Hagen abgeholt hat. Und weil er in Oeventrop wohnt. Und weil er Kinder hat, die nicht von mir sind.

„Leider, Herr Dr. Vogt, ist das Gespräch nicht ganz so

verlaufen, wie wir gehofft hatten – "Oha, der Kerl muss Abbitte tun.

„Wir hatten ja, was die Abwicklung betrifft, auf Reduzierung gehofft, aber da hat die Gegenseite sich leider ganz anders positioniert. Nach dem Gespräch würde ich sagen, wir können sehr froh sein, dass wir nicht weitere Ausgleichszahlungen vornehmen müssen, weil einfach ... nein, das leider nicht. Vielleicht haben wir das vorher nicht so realistisch gesehen ... das wollte ich damit nicht sagen. ... den Posten wollen sie auf keinen Fall übernehmen ... es war auch von der Atmosphäre so, dass ich ... im Grunde können wir froh sein, dass wir doch sehr glimpflich aus der Sache herausgekommen sind. Wenn ich überlege, dass ... genau ... deswegen haken wir das einfach ab ... so hab ich's natürlich nicht gemeint, nur in Anbetracht weiterer Geschäftsbeziehungen wollte ich nicht ... insofern ist das schon hervorragend gelaufen ... am Montag, halb neun? ... natürlich, sehr gerne ... Ein schönes Wochenende, Herr Dr. Vogt! Auf Wieder –"

Der Typ nimmt das Handy vom Ohr und blickt irritiert auf das Display. Herr Dr. Vogt scheint das Gespräch abrupt beendet zu haben. Mein Zugbegleiter braucht einen Moment, um das zu verarbeiten. Dann blickt er, mit Falten auf der Stirn, wieder aus dem Fenster.

Wir halten in Fröndenberg, sagt die Ansage, fahren wieder ab.

Wie Bernd im Beruf ist? Er erzählt ja nicht viel. Aber seine Stellung ist top. Glaub ich zumindest. Privat jedenfalls weiß er genau, was er will. Das gefällt mir. Er zieht sein Ding durch. Aber vielleicht ist das genau der Grund, warum ich jetzt in einem Zug sitze, der *Sauerland-Express* heißt, und durch eine verschlafene Gegend rattere, obwohl ich das gar nicht will. Ich schaue aus dem Fenster. Jede Menge Wald. Und ab und zu ein bisschen Zivilisation dazwischen.

Der Typ steht jetzt auf, geht zur Tür, schließt sie. Er

wirft mir einen Blick zu, der so desinteressiert ist, dass es fast unverschämt ist. Als wäre ich ein zehnjähriges Gör, das gerade den Turnschuh auf dem Sitz abgestellt hat. Blödmann. Noch dazu ein Blödmann, der es geschäftlich nicht geregelt kriegt. Hat ein Meeting versaut und hängt jetzt in der Luft. Jetzt wählt er wieder. Schön, dass er in meiner Gegenwart seine gesamten Geschäfte managt. Ich schaue auf mein Handy. Manchmal merke ich nicht, wenn es vibriert. Keine neue Nachricht. Bernd kriegt gleich was zu hören.

„Hallo Volker! Klaus hier!“ Bei meinem Mitfahrer scheint was Privates zu folgen. „Ich komme gerade von der Besprechung zurück. Ist nicht ganz optimal gelaufen, würde ich sagen. Die wollen überhaupt nichts von den Kosten übernehmen.“ Doch nichts Privates, aber die Stimme des Typen ist gelassener diesmal. Nicht so überschwenglich wie bei Dr. Vogt. Gleicher Rang, vermute ich. Eher darunter. „Weiß ich, aber so ist es nun mal ... ich bin froh, dass sie uns nicht noch mehr aufgepackt haben ... nein ... ich meine, wir haben ja auch einen Ruf zu verlieren. Wenn wir da jetzt knallhart aufgetreten wären ... *Ich* hab da gesessen, Volker, *ich*, und ich sage dir ... immerhin denke ich, dass wir mit denen wieder ins Geschäft kommen werden ... könnte jedenfalls sein ... nein, das nicht ... Volker, ich kann es nicht ändern ... hab ich schon. ... dir auch. Bis Montag!“

Er legt das Handy auf die Ablage und streckt sich. Dann steht er auf und will das Fenster öffnen, geht nicht. Er fällt zurück in den Sitz. Rüberschauen tut er noch immer nicht. Kein Wunder, der hat die Kacke am Dampfen. Der hat Scheiße gebaut, das spüre ich aus allen Poren. Der schwätzt hier von „nicht optimal gelaufen“, in Wirklichkeit aber sitzt der ganz dick drin in der Scheiße, und das weiß er auch genau.

Ich sehe hinaus. *Wickede*. Wo ist das? Muss man das kennen?

Ich blicke aufs Handy. Warum, verdammte Hacke, ruft er nicht an? Plötzlich steigen Tränen in mir auf. Er liebt mich nicht mehr. Ganz einfach: Er liebt mich schlichtweg nicht. Es ist ihm egal, was mit mir ist. Ob ich ankomme oder nicht. Ob ich mich schlecht fühle – es ist ihm egal. Wenn ich jetzt schreiben würde, dass ich zurück nach Düsseldorf fahre – was soll's? Bestimmt gibt's eine Disko in Oeventrop. Oder in der Nähe. In Brilon. In Brilon-Wald. Eine Wald-Disko. Da geht er heute Abend hin. Da kann er andere Frauen treffen. Bernd sieht verteufelt gut aus. Ein Rechtsanwalt, der verdammt gut im Job sitzt. Danach lecken sich die Mädels die Finger. Die sauerländischen Mädels erst recht. Die kennen doch nichts. Die kennen nur den Wald. Eigentlich ist klipp und klar, wie die Sache läuft. Er wollte ja gar nicht, dass ich komme. Im Grunde wollte er es gar nicht. Ich hab ihn überreden müssen. Wahrscheinlich vergnügt er sich doppelt. In der Woche mit mir in Düsseldorf. Am Wochenende mit seinen Mädels im Sauerland. Oder noch anders: Womöglich ist er doch noch mit seiner Frau zusammen, obwohl er's mir anders erzählt hat. Eine Frau ähnlich wie die, die mich eben ausgelacht haben. Vielleicht wollte er deshalb nicht, dass ich komme. Das ist es! Der wohnt bei seiner Frau. Der hat jetzt Stress. Der räumt die Wohnung eines Kumpels um, damit ich nicht merke, dass er dort gar nicht wohnt.

Die Tränen laufen jetzt. Ich muss ein Taschentuch nehmen. Ich wüsste nicht, wann ich zuletzt so verarscht worden wär. Ich reise hier durch die Karpaten hin zu einem Typ, der sich nicht im mindesten für mich interessiert. Ich könnte mich hier und jetzt aus dem Zug stürzen. Es würd ihn nicht interessieren. Er würde wahrscheinlich nicht mal zu meiner Beerdigung kommen. Verdammt, ich werde alt. Ich hänge mich an Leute wie Bernd. Ich fahre ihnen hinterher. Ich registriere gar nicht, dass sie mich nicht wollen. Allein der Typ nebenan. Ich schluchze hier vor mich hin – und er sieht mich noch immer nicht an. Was soll ich tun, damit er mich zur Kenntnis nimmt? Muss ich mich ausziehen? Muss ich den Nothammer nehmen und ihm auf den Kopf hauen? Muss ich mich aus dem Fenster stürzen? Verdammt noch mal, Typen wie er sind mir früher hinterhergerannt! Haben sofort Kontakt aufgenommen. Haben ihren ganzen vermeintlichen Charme eingesetzt. Hätten mich am liebsten auf die nächste Toilette verschleppt. Aber der Typ auf diesem beschissenen Kunstledersitz nebenan schaut nicht einmal rüber. Verdammte Hacke! Er hat einen Scheiß Tag gehabt. Er hat auf ganzer Linie versagt. Er könnte sich jetzt etwas Bestätigung holen. Er könnte mich ansprechen. Er könnte mit mir –

Nächster Halt Neheim-Hüsten!

Ich schau auf mein Handy. Warum ruft er nicht an? Ich hasse ihn. Weil er nicht anruft. Weil er Kinder hat. Weil ich alt werde. Weil der Typ nebenan jetzt wieder zu telefonieren anfängt.

„Ich bin's", seine Stimme ist gelangweilt, fertig, alt, „ich wollte nur sagen, ich komme um vier." Er leiert so, als spräche er mit einem Anrufbeantworter. Aber jetzt hört er zu. Da ist doch jemand am anderen Ende. Es muss seine Frau sein. So spricht man nur mit seiner Frau. „Will ich nicht drüber sprechen", sagt er genervt, „ist Scheiße gelaufen. Mehr sage ich dazu nicht. Alles Arschlöcher in dieser Firma. Die haben mich gar nicht zu Wort kommen lassen. ... Christines Englischarbeit? Warum soll ich das jetzt hören? Erzähl mir das später!"

Er drückt auf die Aus-Taste. Nicht mal verabschiedet hat er sich. Er verabschiedet sich nicht von seiner Frau. Nett, dass er überhaupt angerufen und sie mit seiner schlechten Laune vollgedröhnt hat. Hätte ja auch eine SMS schicken können wie Bernd. Ich schaue aufs Handy. Gähnende Leere. Bernd ist genauso ein Arschloch wie der Typ nebenan. Ich schau nach draußen. *Arnsberg.* Die nächste Station ist

Oeventrop, steht im Zugbegleiter.

Hier in Arnsberg steigt ein alter Mann aus. Es dauert Stunden, bis er von den Stufen herunter auf den Bahnsteig geschafft hat. Das ist der Grund, warum ich nicht alt werden will. Weil sonst jeder denkt, wann ist die Tusse endlich von den Stufen herunter? Der Typ nebenan steht jetzt auf und geht an seinen Koffer. Er nimmt eine Dose Mineralwasser heraus und öffnet sie zischend. Ich weiß nicht, wann ich zuletzt eine solche Dose gesehen habe. Heute trinkt alles aus Flaschen. Der Typ nimmt ein paar Schluck und stellt die Dose dann hin. Wie alt seine Frau ist? Bestimmt älter als ich. Wenn ich eins sicher weiß in meinem Leben, ist es das: Ich werde nicht alt. Ich werde nicht alt, weil ich nicht alt werden will. Ich werde es dazu nicht kommen lassen. Ich arbeite als CTA. Ich habe das Tütchen mit Zyankali immer dabei. Wenn ich spüre, dass der Zeitpunkt gekommen ist, werde ich das Pülverchen nehmen. Ich werde nicht auf einer Zugtreppe stehen und nicht wissen, wie ich die Stufe auf den Bahnsteig schaffen soll. Ich werde ganz einfach mein Pülverchen nehmen. Ich trage es ständig bei mir – seit meinem 30. Geburtstag. Allerdings ist es nicht mehr dasselbe Päckchen von damals. Zwischendurch habe ich das Pulver mal anderweitig verwendet.

Mein Handy vibriert. Ich reiße es hoch. *Kann sein, dass ich mich etwas verspäte! Warte auf mich!*

Ich kann kaum an mich halten. Das ist zuviel. Der Zug fährt wieder an, und ich beschließe: Wenn der Zug in Oeventrop hält, steige ich einfach nicht aus. Auch wenn Bernd da ist – ich steige nicht aus. Ich fahre weiter bis Brilon-Wald. Von dort nehme ich mir ein Taxi nach Hagen und fahr weiter nach Düsseldorf. Ich hab keinen Bock mehr. Keinen Bock auf Stress in der Beziehung. Keinen Bock auf blöde Entschuldigungen. Auf Rücksichtnahme, weil da Kinder im Spiel sind. Auf Beziehungen, die auf wenige Tage hin angelegt sind. Ich hab keinen Bock, SMS zu kriegen und nicht anrufen zu können. Keinen Bock zu überlegen, ob er noch bei seiner Frau wohnt. Ob er in der Wald-Disko Mädels abschleppt, die halb so alt sind wie ich selbst. Keinen Bock auf Aussteigen in Oeventrop. Keinen Bock auf Sitzenbleiben und diesem Typen nebenan beim Telefonieren zuzuhören. Er tippt schon wieder auf sein Handy ein. Was will er jetzt? Seine Frau weiter nerven? Seinen Chef anschleimen? Irgendwie verhindern, dass er mich angucken muss?

„Hey!", sagt er ins Handy. Seine Stimme ist butterweich. Ich weiß sofort, mit wem er spricht. „Ich wollte nur mal hören, was du so machst." Ich kann nicht anders als hinüberzuschauen. Er klingt nicht nur wie Butter. Er ist Butter. Er zerfließt. Er lächelt. Er ist ganz bei ihr. Er ist beinahe in ihr.

„Das würde ich auch gern. Aber ich fürchte, ich muss den Abend zu Hause verbringen."

Ich hasse ihn. Ich hasse Bernd. Ich hasse alle Männer, die ihre Frauen betrügen. Ich hasse alle Männer, die ihre Geliebten betrügen. Ich hasse, dass man als Frau immer die Arschkarte hat. Entweder ist man die Frau oder man ist die Geliebte. Oder man ist zu alt oder man muss sich mit fremden Kindern rumärgern.

„Wie das so ist", sagt der Typ. „Ein anstrengender Tag, aber es ist alles ganz gut gelaufen. Diese Sache in Wuppertal hab ich geregelt."

Ich könnte losbrüllen vor Lachen. Ich könnte losbrüllen vor Zorn. Ihn aus dem Zug werfen. Ihn mit dem Hammer ermorden. Ihn mit meiner Nagelschere entmannen, erstechen, verstümmeln.

„Hast du morgen vielleicht eine halbe Stunde für mich?"

Eine halbe Stunde! Länger braucht er nicht. Eine halbe Stunde! Anschließend geht er zu seiner Frau und nervt sie mit schlechter Laune. Zeugt Kinder, die aussehen wie er und später ebenfalls ihre Partner betrügen. Es kotzt mich alles so an. Dieser Zug, die Diskomädels aus Brilon, Bernd, dieser Typ, die ganze verdammte Welt.

Ich weiß nicht, wo ich hinsoll mit all meiner Wut. Nebenan steht der Typ jetzt auf und sieht sich um. Selbst das schafft er, ohne mich eines Blickes zu würdigen. Ich möchte ihn anschreien, ihn erwürgen, seine Ehefrau anrufen, seinen Chef und seine Geliebte. Ich möchte ihn umbringen. Er ahnt nichts von meiner Wut. Noch immer sieht er nicht zu mir. Er sucht die Toilette. Schließlich weiß er, welche Richtung er nehmen muss, und verschwindet, ohne gefragt zu haben, was mich so aufregt.

„Nächster Halt Oeventrop. Ausstiegsmöglichkeit in Fahrtrichtung rechts."

Ich werde nicht aussteigen, denke ich. Ich werde durchfahren. Bis Brilon oder gleich bis Kassel-Wilhelmshöhe. Dort werde ich mein Pülverchen nehmen. Ich werde nicht alt. Ich höre mir keine Entschuldigungen an. Ich warte nicht darauf, dass ein drittklassiger Geschäftsmann mich ansieht.

Ich greife nach meiner Handtasche, öffne den Druckknopf und taste nach dem Reißverschluß, der die Seitentasche verschließt. Darin ist das Beutelchen. Ein Beutelchen aus Stoff. Ich ziehe es heraus und öffne das Bändchen, das den Beutel verschließt. Darin ein Plastiktütchen, ganz klein. Darin das Pulver. Ich frage mich, ob Kassel-Wilhelmshöhe der richtige Ort für mein Pülverchen ist. Vielleicht besser Oeventrop. Vielleicht besser direkt vor Bernds Augen, damit er sieht, welche Verletzung er mir angetan hat. Durch die Plastikfolie hindurch sehe ich das Pulver. Ich werde es mit Flüssigkeit einnehmen müssen. Mit Limonade am besten, damit man nichts schmeckt. Das Problem ist: Ich habe keine Limonade dabei. Dann sehe ich hinüber. Auf den Platz meines Nachbarn. Auf das Ablagebrettchen, das hochgeklappt ist. Auf die Dose, die er dort abgestellt hat. Ich öffne das Plastikbeutelchen und gehe hinüber. Nehme die Dose und betrachte sie kurz. Dann schütte ich zielstrebig das Pulver hinein. Es zischt ein klein wenig. Ich schließe die Augen.

Der Zug fährt langsam. Wenn ich das Pulver jetzt nehme, bin ich schon tot, wenn Bernd kommt. Er kommt ja mit Verspätung, er sieht mich gar nicht. Ich schließe die Augen.

Ich hasse Bernd, weil er nicht pünktlich ist, um mich sterben zu sehen. Ich hasse den Typen auf der Toilette, weil er nicht kommt, um mich vom Selbstmord abzuhalten. Was ist das für eine Welt, in der der eine dem anderen egal ist?

Die Bremsen quietschen. Ich sehe hinaus. Draußen steht Bernd. Vielleicht liebt er mich doch.

Ich stelle die Dose ab, hetze rüber zu meinem Sitz, greife meine Tasche und stürze hinaus.

„Schön, dass du da bist!", sagt Bernd und schleudert mich in seinen Armen herum.

Aus den Augenwinkeln sehe ich den Zug, sehe diesen Typen zu seinem Sitz zurückkehren. Er schaut aus dem Fenster, hält die Dose in der Hand, nimmt einen Schluck.

„Schön, dass du da bist!", sagt Bernd noch einmal und strahlt. Ich lächle zurück. Ich kann es nicht ändern. Ich glaube es ihm.

Glückspilz

„Fahrt ihr ruhig rauf", ruft Rainer, „ich bleibe bei Mama."

Ich will gar nicht rauf. Was will ich auf der Rietburg? Ich kann jeden Tag zur Rietburg rauf, wenn ich will. Sesselbahn fahren! Ich bin doch kein Tourist!

„Nun komm schon, Gerd", sagt Ines. „Wir sehen uns so selten. Lass uns gemeinsam fahren. Komm!"

Sie hakt mich einfach unter, meine kleine Schwester, und zieht mich zur Sesselbahn hin. Zahlt, und schon geht es los. Ich werfe einen Blick zurück. Sehe Mutter, die mit einem Taschentuch winkt. Ines neben mir winkt fröhlich zurück. Ihre Haare flattern im Wind. Sie ist eine schöne Frau. Ines. Und mein Bruder Rainer, der unten mit Mama wartet, ist ein schöner Mann. Er hat seine neue Frau dabei. Die zweite. Von der ersten ist er seit drei Jahren geschieden. Warum kriegen manche Männer eigentlich zwei Frauen ab und manche nicht mal eine?

„Ach, Gerd", sagt Ines. „Es ist so schön hier. Ich glaube, du weißt gar nicht, wie gut du es hast."

„In der Stadt ist es doch auch schön", sage ich. Ines wohnt in München. Ich war einmal dort. Mit Mutter zusammen.

„Ja, schon, aber hier", meine Schwester schaut versonnen in die Landschaft, „hier ist es wie im Paradies."

Wie im Paradies. Sie hat wohl den Prospekt gelesen. Damit werben sie. *Edenkoben. Der Garten Eden der Pfalz.*

„Zeig mir unseren Weinberg!", sagt Ines plötzlich voller Energie.

Ich stutze. „Den sieht man nicht. Bis St. Martin kann man von hier aus nicht gucken."

„Weißt du, was ich manchmal denke?" Ines sieht mich schwärmerisch an. „Man müsste etwas draus machen. Nicht einfach verpachten. Ihn selbst bewirtschaften."

„Was meinst du? Wein anbauen? Meinst du das?"

„Zum Beispiel!" Ines greift nach meiner Hand. Das irritiert mich. Ich kenne das nicht. Seit Eva habe ich das nicht mehr erlebt.

Eva. Ein Schauer durchfährt mich. Mit ihr war ich auch mal hier oben, fällt mir jetzt ein. Das ist schon lange her. Eva hat Schluss gemacht. Ganz plötzlich. Gott sei Dank weiß in meiner Familie niemand von ihr.

„Weißt du, manchmal stelle ich mir vor", Ines' Stimme holt mich in die Wirklichkeit zurück, „wieder hier zu leben. Wein anzubauen. Den Frieden zu genießen."

„Unsere Weinberge sind verpachtet", sage ich, „langfristig. Da kommt man nicht dran."

„Ja, ich weiß", Ines seufzt. „Aber lass mich doch träumen, wenn ich mal hier bin. In München komme ich da nicht zu. Da habe ich immer soviel um die Ohren."

Klar, meine Schwester hat immer viel um die Ohren. Rainer übrigens auch.

„Du hast es so gut", hat er erst gestern zu mir gesagt. „Niedliches Haus. Überschaubarer Job. Wenn du wüsstest, wie es draußen zugeht."

Draußen. Wo bin ich denn? Ich bin dann wohl drinnen.

Überhaupt – ich hasse diese Familientreffen. Nur Unruhe. Fragen. Vorwürfe. Und trotzdem findet es jedes Jahr statt. Nur die Besetzung ändert sich. Claudia, Rainers neue Frau, ist jetzt zum ersten Mal dabei. Und Ines' Freund kenne ich auch noch nicht. Ines wechselt ihren Freund hin und wieder. Sie ist ja auch noch jung. Vierunddreißig erst, ganze zehn Jahre jünger als ich. Das Nesthäkchen, hat Vater immer gesagt. Ob sie wirklich zurückwill? Vielleicht könnte man doch etwas machen wegen der Verpachtung. Selbst Wein anbauen, das wäre – das wär – "

„Kommst du klar?"

Ich schrecke auf. Schon oben. Gleich heißt es aussteigen

und schnell zur Seite weg. Wenn das mal gutgeht mit meinem Fuß. Ich habe eine Gehbehinderung. Von einem Unfall als Kind. Rainer und ich haben damals Verstecken gespielt und ich bin in die Traubenmühle geklettert. Natürlich war das strengstens verboten. Aber ich hab's trotzdem gemacht, deshalb humpele ich bis heute. Als die Walzen losgingen, haben sie mir den Fuß völlig zerquetscht.

„Könnten Sie meinem Bruder bitte helfen?", ruft Ines.

„Danke", murmele ich, als man mich freigibt.

Als wir wieder herunterkommen, sind Mama und Rainer und seine neue Frau nicht zu sehen.

„Ich weiß", sagt Ines, „die sind ins Schloss reingegangen. Rainer wollte es Claudia gern zeigen."

Ines schafft es, dass wir uns der Führung noch anschließen dürfen, obwohl sie schon vor zehn Minuten angefangen hat. Wir müssen uns Filzpantoffeln anziehen. Über die Schuhe. Ich wohne seit vierundvierzig Jahren in Edenkoben, aber ich bin noch nie in der Villa Ludwigshöhe gewesen. Das sage ich Ines.

„So geht es mir auch", lacht Ines. „Seit vierzehn Jahren in München. Aber frag mich nicht, wann ich zuletzt in der Pinakothek gewesen bin."

Mutter winkt aufgeregt, als sie uns herankommen sieht. Der Speisesaal. Allerdings gibt es nicht mal einen Tisch. Der Fremdenführer erzählt von Ludwig. König Ludwig I. Der war sehr wichtig hier in der Pfalz. Das haben wir schon in der Schule gelernt. Er hat sich in Edenkoben ein Schloss gebaut. Eine Sommerresidenz. Weil es hier so schön ist. Das haben wir auch in der Schule gelernt.

„Es ist so schade, dass die Kinder das alles nicht sehen", sagt Mutter. Das hat sie schon gestern mindestens achtmal gesagt. Rainer hat seine Kinder nicht mitgebracht. Seine Kinder aus erster Ehe. Sophia und Karl.

„Sophia hätte so einen Spaß daran", sagt Mutter.

„Nächstes Mal“, sagt Rainer. Auch das hat er gestern schon achtmal gesagt.

Als es ins Obergeschoss geht, sagt Mutter, sie würde lieber unten bleiben, um sich die Treppe zu sparen.

„Ich kann draußen mit dir warten“, schlage ich vor. Ich würde mir die Treppe auch gern ersparen.

„Nein, nein, ich mach das schon“, sagt Ines. „Ich habe sowieso mit Mutter eine Kleinigkeit zu besprechen.“

Ines streift mich mit einem Lächeln. Ich kann es nicht glauben. Sie scheint es wirklich zu wollen. Sie will tatsächlich zurück. Wein anbauen. Mit mir zusammen.

Rainer sieht Ines fragend an. Offensichtlich weiß er es noch nicht.

Auch oben sind die Fußböden sehr elegant. Ich bin froh, dass ich die Filzpantoffeln anhab.

Auf dem Balkon staunen alle, weil die Landschaft so schön ist. „Ja, der Ludwig wusste schon, wo es sich aushalten lässt“, sagt ein Mann.

Rainer umfasst von hinten seine Frau. „Ist das nicht traumhaft?“ Er dreht sich zu mir um. „Gerdchen, du bist schon ein Glückspilz.“

Ich überlege, wann er mich zuletzt einen Glückspilz genannt hat. Als ich ausgemustert wurde wegen meines Beins. Rainer hatte ja hingemusst zum Bund. Glückspilz, sagte er, als ich mein Schreiben bekam. Dabei habe ich meinen Fuß ihm zu verdanken. Schließlich hat er die Traubenmühle in Gang gesetzt, obwohl er wusste, dass ich dort drin war.

„Ist das nicht schön? Ines erwartet ein Kind!“ Mutter krakeelt es lauthals über den Platz. Die beiden haben sich ein sonniges Eckchen gesucht.

„Ich glaub’s einfach nicht!“ Rainer fällt aus allen Wolken. „Doch nicht etwa von diesem Pseudowerbetexter, der sich von dir aushalten lässt?“

„Hör auf, Rainer!“ Ines funkelt ihn an. „Du kennst Chris überhaupt nicht.“

„Kein Wunder, wenn er sich nicht blicken lässt. Wollte er nicht gestern schon kommen?“

„Er kommt heute Mittag.“

„Mensch, Ines, ein Kind – wie willst du das machen?“

„Rainer, bitte!“ Mutter hat Tränen in den Augen.

Ines sieht unseren Bruder mit zornigen Augen an. Ich verstehe sie endlich. Sie bekommt ein Kind. Das will sie nicht in der Großstadt aufziehen, sondern bei uns in der Pfalz. Eine warme Freude durchströmt mich. Seit Eva habe ich mich nicht mehr so sehr gefreut.

„Ich fass es einfach nicht.“ Rainer dreht ab und geht schon zum Auto.

Beim Mittagessen im *Pfälzer Hof* ist dieser Chris dann wirklich dabei. Er hat lockige Haare, die ihm über die Schultern fallen. Außerdem hat er außergewöhnliche Schuhe. Das sind gar keine richtigen Schuhe. Es sind mehr so Schlappen, oder besser: Schläppchen.

„Kennst du keine Flipflops, Gerd?“, fragt Rainer, nachdem ich mehrfach draufgeschaut habe. Dann grinst er plötzlich hämisch. „Na ja, für deine Füße gibt es sicher kein passendes Modell.“

„Rainer!“ Ines funkelt ihn an.

Ich selbst werde ganz rot in meinem Zorn und starre vor mich hin.

„Ah, da kommt der nächste Gang“, sagt Rainer, als ob nichts wäre. Als Vorspeise gab’s Keschdesupp. Aus Esskastanien. Jetzt etwas Deftiges. Pfälzer Schlachtplatte. Mit allem Drum und Dran.

„Erzähl doch mal vom Schlachtfest!“, lenkt Mutter plötzlich die Aufmerksamkeit auf mich. „Einmal im Jahr macht Gerds Musikzug ein Schlachtfest“, erklärt sie den anderen. „Drüben in Edesheim. Von morgens bis abends geht das, da ist richtig was los."

„Schlachtfest!", sagt Claudia, Rainers neue Frau. „Was passiert denn da eigentlich?"

Rainers neue Frau kann nicht allzu helle sein.

„Na, da wird halt geschlachtet", brummele ich, immer noch gekränkt. „Eine Wutz muss dran glauben. Zunächst wird dem Schwein das Blut abgelassen, in einen Trog. Daraus wird später die Blutwurst gemacht. Dann wird Kesselfleisch gekocht und Metzelsupp. Für die Würste muss natürlich der Darm ausgewaschen werden und dann -"

Als ich sehe, wie blass Claudia ist, halte ich ein. Sie schaut auf ihren Teller. Einen Augenblick später schiebt sie ihn weg.

„Was ich noch loswerden muss", glücklicherweise wechselt Chris jetzt das Thema, „ich kann leider nicht bis morgen bleiben wie geplant. Ich muss heute Abend unbedingt zurück nach München."

„Wie bitte?" Ines' Blick birgt eine Mischung aus Wut und Enttäuschung.

„Sorry, aber wir haben ja heute noch den ganzen Tag."

„Ich wollte morgen mit dir nach Rhodt." Ines hat Chris' Hand fallen lassen. „Auf die Theresienstraße. Die muss man gesehen haben, wenn man hier -"

„Tut mir leid, Ines. Ist wirklich nicht drin."

Ich sehe, wie Rainer unsere Schwester vielsagend anschaut.

Als es nach Venningen geht, weiß ich, welche Überraschung Rainer sich ausgedacht hat. Rainer hat für seine Neue ein komplettes Touriprogramm zusammengestellt, bei dem wir jetzt alle mitdackeln müssen. Es geht zum Doktorenhof. Zum Essigmacher. Der ist mit Rainer in einer Klasse gewesen.

Der Essigmacher hat ein paar Weinberge geerbt – so wie wir. Nach den ersten Weinen hat er angefangen, Essig zu kreieren. Zunächst hat man ihm nachgesagt, ihm sei ja nur der Wein umgekippt. Aber inzwischen ist er ein berühmter Mann bei uns in der Gegend. Auch weil er Künstler ist. Er malt tatsächlich mit Essig und Öl.

„Wir sind mit Herrn Wiedemann verabredet“, sagt Rainer wichtig, als wir den Atelierladen betreten.

Die junge Dame hinter dem Verkaufstresen schaut irritiert. „Herr Wiedemann? Tut mir leid, der ist unterwegs.“

Ich höre nicht zu, als Rainer mit der Frau herumdiskutiert. Ines und ich gucken uns um. Wunderschöne Gefäße. Und alle mit Essig gefüllt. Außerdem gibt es Pralinen mit Essig. Und Essiggelee. Sogar eine Essiguhr entdecke ich. Wobei das Gehäuse nicht aus Essig ist.

„Ich bin sicher, der macht einen Wahnsinnsschotter damit“, sagt Rainer, der plötzlich hinter uns steht. Seine Stimme klingt neidisch. „Apropos“, er wendet sich Ines zu, „ich bin der Meinung, wir sollten die Weinberge endlich verkaufen.“

„Wieso das?“ Ines runzelt die Stirn. „Wir leben doch ganz gut mit der Verpachtung.“

„Wenn wir das Geld anlegen, haben wir viel mehr davon. Ich kann's gebrauchen. Die Scheidung war teuer. Und du brauchst es auch, wenn ich mir deine Situation vor Augen halte.“

„Aber Mutter – und Gerd ...“

„Ich habe gestern bereits mit Gruber gesprochen. Er würde lieber kaufen als nur zu pachten. Mutter ist einverstanden. Aber lass uns das heute Abend besprechen. Ich glaube, jetzt beginnt unsere Führung.“

Ich werde immer wütender auf Rainer. Warum will er verkaufen? Gerade jetzt, wo Ines und ich ganz neu anfangen wollen. Von mir aus kann auch Chris mitmachen, da hab ich nichts gegen – wenn er mit seinen Schläppchen im Weinbau denn klarkommt.

Ines sieht meinen Blick und streicht mir über den Rücken. „Schauen wir erst mal, wie Essig gemacht wird.“

Der Essigmacher hat einen richtigen Weinkeller. So einen wie früher. Er hat die alten Holzfässer der Winzer gekauft. Überall stehen Kerzen. Choralmusik erfüllt die kühlen Gewölbe. Der Essigmacher weiß, wie man Stimmung erzeugt.

Die junge Frau erzählt, wie alles angefangen hat. Sie hat einen schwarzen Umhang um wie wir alle. Einen Pestumhang. Wir sehen aus wie die Leute in einem Draculafilm. Vor mir geht Chris mit seinen Flipflops. Ich könnte mir vorstellen, dass er inzwischen kalte Füße hat.

„Die heilsame Wirkung des Essigs war dem Menschen schon immer bewusst“, höre ich die Stimme der jungen Frau durch die Gewölbe hallen. Ich bleibe zurück, als sie die Gruppe über ein paar alte Steinstufen noch weiter nach unten in den Keller begleitet. Ines hat Mutter am Arm untergehakt und führt sie vorsichtig. Ich selbst stehe nur da und schnuppere. Der säuerliche Essiggeruch ist unglaublich stark, aber schön.

„Essig wirkt reinigend“, kann ich die Essigfrau noch sagen hören. „Diese Wirkung hat sich der Mensch zunutze gemacht.“

„Warum kommst du nicht?“ Rainers Stimme ist barsch. Er ist die Stufen wieder heraufgekommen, um nach mir zu sehen.

„Warum willst du verkaufen?“, frage ich gepresst.

Rainer verdreht die Augen. „Weil es mehr bringt!“, raunzt er mich an. „Wenn keiner von uns damit etwas anfangen will, ist es besser -“

„Wollen wir aber – Ines und ich. Wir wollen die Weinberge wieder selber betreiben.“

„Ines und du?“ Rainer prustet los. „Wie kommst du denn darauf? Ines bekommt ein Kind – von diesem Schwachkopf. Außerdem wohnt sie in München, wie soll sie -“

„Ines kommt zurück!“

„Zurück?“ Rainer kriegt sich gar nicht mehr ein. „Die

ist doch nicht bekloppt. Aber du bist bekloppt. Weil du die Realität nicht sehen willst!"

Schwachkopf. Bekloppt. Warum benutzt Rainer diese Wörter? Diese Wörter, mit denen er mich schon als Kind so gequält hat? Und warum ist er überhaupt so aggressiv? Hat er Streit mit Claudia? Oder mit seiner Ex-Frau? Braucht er dringend Geld? Oder gönnt er mir einfach kein Glück?

„Du kapierst überhaupt nichts!", herrscht er mich an. „Genau wie damals, als du dir eingebildet hast, eine Frau wie Eva haben zu können."

Ein Blitz durchzuckt mich. Woher weiß er von Eva?

Rainer schmunzelt arrogant, als ich ihn anstarre. „Hast du wirklich geglaubt, Eva könnte sich für einen Krüppel interessieren? Sie ist mit mir ins Bett gegangen, Gerd, damit du's weißt!"

„Das stimmt nicht!"

„Auch wenn du's nicht glauben magst – ich habe ihr Geld gegeben, damit sie sich mal mit dir trifft. Als ich dann gemerkt habe, dass du dir ernsthafte Hoffnungen machst, habe ich sie zurückgepfiffen wie einen Hund!"

„Du lügst!" Ich gehe auf Rainer zu.

„Ich lüge?" Mein Bruder grinst überheblich. „Woher weiß ich dann vom Spaziergang an der St. Anna-Kapelle? Woher vom Ausflug zum Hambacher Schloss?"

„Du – du -"

„Sprich dich ruhig aus, wenn du inzwischen einen ganzen Satz bilden kannst."

Ich starre ihn an. Rainer steht da mit seinem überheblichen Blick. Ich rühre mich nicht. Dann plötzlich überkommt es mich wie in einem Traum. Ich drehe mich um und packe ein Holzfass. Eins der kleinen, die obenauf liegen und die man hochheben kann. Ich weiß nur, dass ich es Rainer über den Kopf hauen will. Damit er ruhig ist und nicht mehr diese Sachen sagen kann. Das Fass ist schwerer, als ich dachte, halbvoll, aber ich bin sehr stark in den Armen, ich reiße es aus der Reihe von Fässern heraus. Rainer steht auf dem oberen Absatz der steinernen Treppe. Ich kann die Panik in seinen Augen erkennen. Als ich das Fass losschleudere, passiert plötzlich alles auf einmal. Rainer springt zur Seite und drückt sich an die nackte Wand des Kellergewölbes. Das Fass poltert mit Wucht die Treppe hinunter, dann ertönt unten ein dumpfer Schrei. Chris. Ich weiß sofort, was passiert ist. Das Fass hat Ines' Freund niedergerissen. Ich bin wie versteinert, bis mich plötzlich ein Geräusch hinter mir aufschreckt. Als ich herumfahre, sehe ich, dass die anderen Fässer ins Rutschen gekommen sind. Das erste erwischt mich mit voller Wucht. Ich brülle vor Schmerzen und falle zu Boden. Das zweite trifft meinen Brustkorb. Dann spüre ich nichts mehr.

Chris ist leider tot. Er ist mit dem Hinterkopf ganz übel auf den Steinfußboden gedonnert. Konnte sich wohl nicht rechtzeitig in Sicherheit bringen. Wegen dieser unbequemen Flipflops wahrscheinlich.

Ich selbst habe mir sechs Rippen gebrochen, mein linkes Knie ist gesplittert und mein rechter Arm für immer ruiniert.

Trotzdem habe ich noch Glück gehabt, sagt meine Mutter. Sie besucht mich manchmal hier in der Anstalt. Ich sei schon ein Glückspilz.

Das hat Rainer ja übrigens schon immer gesagt.

Die Lippstadt-Verschwörung

Die Lippstädter sind's einfach nicht wert. Sie sind's einfach nicht wert! Es ist ein Segen, dass ich mich nicht mit diesem beschissenen Stadtportrait abgegeben hab. Wenn ich das schon höre: *freundliche Einkaufsstadt, optimaler Wirtschaftsstandort, kulturelles Zentrum im Kreis*. Man erstickt ja beinahe vor schwülstigen Umschreibungen. Stümperarbeit, dieses Video. Eine mittelmäßige Arbeit aus dem VHS-Seminar. *Ich* hätte denen was anderes geliefert. Nicht diese spießige Idyllenplempe, die fast zwanzig Minuten vor sich hinschlabbert. Keine eisverschmierten Kinder, die dummdämlich in die Kamera grinsen, keine Rentner, die auf der Parkbank ihre vorletzte Ruhe suchen, keine Hausfrauen, die ob eines optimalen Einkaufserlebnisses pseudobeschwingt durch die Fußgängerzone strahlen. In einer Rüschenbluse, die vor 30 Jahren sicher hochaktuell war. Ich kann mir diesen Mist echt nicht antun. Zeitgemäß ist das nicht. Von gestern sozusagen – wie diese ganze beschissene Stadt. Trotzdem ist es eine Frechheit, dass man mein großzügiges Angebot nicht angenommen hat. Normalerweise gebe ich mich mit einer solchen Stadtportrait-Suppe gar nicht ab. Aber ich hätte es gemacht. Weil ich hier wohne! Um den Leuten einen Gefallen zu tun!

Es war ja schon klar, dass alle Mitkonkurrenten nichts anderes als Pilcher für Arme auf die Reihe kriegen würden. Hier ein bisschen Fachwerkgastronomie, dort ein paar Fakten zu Graf Bernhard, dem Gründer der Stadt. Hätten sie wenigstens die Geschichte vom alten Rummenigge erzählt, dem Vater der Fußballhelden. Der Bursche ist in besoffenem Zustand die vier Meter zur Bernhard-Statue rauf und hat dem Grafen das Bayern-Trikot übergestülpt. Fußball-*Graf* statt Fußball-*Kaiser*. Super Spruch übrigens! Muss ich mir merken! Aber stattdessen diese Geschichtslaberei. Ich frage mich, wen das interessiert. Meine Großmutter vielleicht. Nur liegt die schon lange im Norden der Stadt. Auf dem Hauptfriedhof. Den haben sie im Video glatt vergessen. Hätte vom Lebendigkeitsfaktor optimal gepasst, aber die hatten wohl genug damit zu tun, ihr Gesülze über das *innovative* Lippstadt zu verbreiten. *Charme von gestern, Flair von heute. Zukunftsorientiert – leistungsstark und einfach sympathisch.* Kotzen könnte ich. Diese Stadt hat immer auf die falschen Pferde gesetzt. Schon damals, als ich vom Gymnasium geflogen bin, war mir das klar. Von wegen innovativ. Keinen Spaß konnten die verstehen. Wegen irgendeiner Kleinigkeit haben sie die Gelegenheit genutzt, mich von der Penne zu schmeißen. Ich glaube, die Sache mit den angeflemmten Toiletten war's. Oder die Geschichte mit der Sportreferendarin, die wir beim Joggen in die Lippe geschmissen haben. Aber was auch immer. Natürlich war das nur ein Vorwand. In Wirklichkeit war ich ihnen nicht angepasst genug. Zu intelligent, könnte man auch sagen. Ich konnte denen doch den Unterricht sprengen mit meinen Zwischenfragen. Da standen sie dann und waren meinen Bemerkungen schlichtweg nicht gewachsen. Kein Wunder, dass die mich loswerden wollten. Durch mich ist ihre Dummheit ja erst zutage getreten. Nur hab ich natürlich nicht gedacht, dass die mir auch langfristig schaden können. Aber so ist es, ehrlich wahr. Überall sitzen die Pauker per Ehrenamt. Wahrscheinlich auch in den Ausschüssen, die darüber bestimmen, wer den Auftrag für ein Stadtportrait kriegt. Eine ganze verschworene Gemeinschaft, dieses Lippstadt. Eine ganz verschworene Gemeinschaft.

Als Studiendirektor i. R. Ortwin Strothmann das Wummern der Musik hörte, wusste er: Es war genug! Ab jetzt würde er sich nicht mehr alles gefallen lassen. Keine randalierenden Jugendlichen vor dem Haus, keine McDonald's-Tüten im Hausflur und vor allem kein Musikgedröhne mehr unten von der Straße. Er, Ortwin Strothmann, bezahlte Miete in diesem Haus, und zwar über 750 Euro im Monat.

„Beste Wohnlage", hatte sein Sohn damals gesagt. „Nahe der Fußgängerzone in einem Ärztehaus, da hast du alles gleich bei der Hand, Papa, sogar die Apotheke ist nicht weit, Aufzug im Haus, wenn die Beine nicht mehr wollen, und dann noch direkt gegenüber vom Bahnhof. Da bleibst du mobil, Papa, da kannst du überall hin."

Überall hin! Hatte er ihn auch nur einziges Mal eingeladen? Ortwin Strothmann brauchte keinen Bahnhof. Er brauchte nichts und niemanden. Außer seiner Ruhe. Und die brauchte er wirklich. Schließlich war er krank. Ein Karzinom in der Niere. Damit war nicht zu spaßen. Damit war beileibe nicht zu spaßen. Nierenzellkrebs gehörte nicht gerade zu den häufigsten Krebsarten. Er hatte Studien darüber gelesen. Bei der Größe seines Karzinoms lagen die Heilungschancen bei 28 Prozent, abhängig natürlich von einer Reihe komplexerer Faktoren: Metastasenbildung, allgemeiner Gesundheitszustand, Ernährungsweise, Medikamentenverträglichkeit. Ortwin Strothmann hatte all diesen Faktoren einen mathematischen Zahlenwert gegeben und dadurch seine ganz persönlichen Heilungsaussichten errechnet: 29 Prozent.

Im Grunde hing alles von der Chemo ab. Die erste lag schon hinter ihm. Daher auch seine Schwäche. Trotzdem hatte er nach Hause gewollt. Immer nur im Krankenhaus, das war nichts für ihn. Auch wenn Gerda nicht mehr da war, um ihn zu pflegen. Wenn Gerda noch lebte, würde er nicht hier wohnen. Nicht an dieser Straße mit herumstreunenden Jugendlichen, die nichts Besseres zu tun hatten als andere Menschen zu belästigen. Mit Gerda hatte er in Lipperode gewohnt. Ein wunderschönes Häuschen mit Garten in einer ruhigen Sackgasse, wo kein Fremder sein Unwesen trieb. Doch nach Gerdas Tod hatten alle gemeint, das Haus sei zu groß für ihn. Den Garten könne er doch gar nicht mehr instand halten. Er brauche eine Wohnung. Zwei oder drei Zimmer vielleicht. Schön zentral, damit er alles zu Fuß erledigen könne. Deshalb saß er jetzt hier. Und ärgerte sich. Kein Wunder, dass er Krebs bekommen hatte. Bei all dem Kuddelmuddel drumherum.

Da! Schon wieder jemand, der mit ohrenbetäubender Musik vorbeirauschte. Ortwin schloss das Fenster. Gleich würde es wieder brüllend warm in der Wohnung sein. Kein Wunder, dass er krank war. So ging das nicht weiter. Er würde sich zu wehren wissen. Und er wusste auch schon, wie!

Licht – Wasser – Leben – eine reizvolle Umgebung – gastlich und modern. Die Sprüche hören gar nicht auf. Dieses Video ist mir zu blöd. Mir ist das ehrlich zu blöd. Aber die Lippstädter werden's zu sehen kriegen, was sie mit mir verpasst haben. Spätestens wenn ich an der Reihe bin, nämlich in Soest. Ja, die wollen jetzt auch ein Stadtportrait. Ist wohl groß in Mode jetzt in mittelmäßig großen, mittelmäßig spannenden Citys. Gut, mir soll's recht sein. Mache ich neben den viel ergiebigeren Firmenportraits jetzt doch noch eine Stadt. Die Ausschreibung läuft schon. In drei Tagen hab ich den Auftrag in der Tasche. Denn außer mir ist nur wieder diese Truppe im Gespräch, die das Lippstadt-Video verhunzt hat. Aber wenn die ihr Tape vorlegen, liegt ganz Soest wahrscheinlich flach. Vor Lachen! Super Spruch überhaupt! Soest liegt flach. Wo da doch eh kein Maulwurfshügel aus der Erde ragt. Super Spruch! Kann ich bestimmt ins Stadtportrait einbauen. Die Soester sind pfiffiger, habe ich sofort gemerkt. Die wussten, mit wem sie es bei mir zu tun hatten. Kein Wunder, dass Soest die Kreisstadt ist. Die sind einfach wendiger da. Die wissen, was im Trend liegt. Und die wissen, wie man den Trend umsetzen kann. Deshalb haben die mir fast den Auftrag so in die Tasche gesteckt. Aber konnten sie dann doch nicht – von wegen Ausschreibung und so. Nun gut, drei Tage kann ich noch warten, obwohl ich derzeit freie Kapazitäten habe. Ja, der Auftrag von dieser Polsterfirma lässt noch auf sich warten. Und bei den Präzisionsformteilen sind wir auch noch nicht weiter. Zumal da wieder diese Amateurtruppe mitmischt. Die darf man nicht unterschätzen. Technisch haben sie nichts drauf, aber marktstrategisch sind die unberechenbar. Wickeln alle um den Finger. Die Lippstädter Lokalpolitik zum Beispiel – aber das ist auch nicht schwer. Alles Stümper da. Von rechts nach links. Von nichts 'ne Ahnung und am wenigsten von Politik.

Als ich noch die Event-Firma gemacht hab, war mir ganz schnell klar: In Lippstadt geht nichts! Ich wollte was tun für die Vermarktung der Stadt. Ich wollte Lippstadt voranbringen. Mit den „*Lippe-Lippen*" zum Beispiel. Super Event: Dauer-Küssen im Grünen Winkel. Damit wären wir glatt ins Guinness-Buch der Rekorde gekommen und dank meiner Connections sicher auch noch in die gleichnamige Fernsehshow. 480 Paare, die sich über mehrere Stunden am Lippe-Ufer knutschen. Partnerwechsel nicht ausgeschlossen, haha. Scherz beiseite. *Lippe-Lippen*. Das hätte was gehabt. Das hätte zur Profilierung der Stadt beigetragen. Aber nichts da. Die Stadtamateure wollten nicht ran. Genau wie bei meiner Idee, aus der Lippstadt-Soest-Konkurrenz ein spaßiges Happening zu machen. Und zwar in Form einer Wettdiät. 10 fette Kühe aus Soest und genauso viele Schränke aus Lippstadt – und dann der Joke: Wer hat am Ende am meisten abgenommen? Öffentliches Wiegen vor der Marienkirche, als Trostpreis eine Dose *Slim fast* – und das Ganze eingebettet in ein riesiges Sauf-und-Fress-Spektakel. Ja, da hätten doch alle was davon gehabt: Gastronomie, Geschäftsinhaber und und und. Aber wieder:

Die Lokalpolitik wollte nicht ran. Moralische Bedenken. Keine Ahnung von nichts. Und von Städtevermarktung schon überhaupt nicht.

Aber die Produktionskonkurrenz hat's mit denen raus. Hat gegen mich agitiert und so weiter und so fort. Die haben ihre Nase überall drin. Die wussten auch im Vorfeld schon von dem faulen Fisch. Diese Erwitter Zementfirma meine ich. Super Auftrag eigentlich. Und wir hatten ja auch schon mächtig Energie und Ideen reingesetzt, als der Auftrag platzte. Zahlungsunfähig die Firma. Alles im Eimer. Ein Riesenverlust. Und die Konkurrenz wusste das vorher. Die haben mich auflaufen lassen. Die wollen mich raushauen aus der Branche. Ohne Pardon. Aber da müssen sie schon früher aufstehen. Ich bin gewappnet. Und ich bin auf der Hut. Die sollen sich mal umschauen, wenn sie mir ans Leder wollen. Ich rechne mit allem. Zumal wahrscheinlich auch dort meine alten Lehrer mit im Spiel sind. Womöglich haben die Anteile an dieser beschissenen Produktionsfirma – und seitdem ich auf dem Markt bin, nur ein einziges Ziel: mich raushauen.

Sogar bei der Sache mit Birgit bin ich mir fast sicher, dass dieses Dilettanten-Gesocks dahintersteht. Warum will die Frau sonst plötzlich aussteigen? Wir haben zwei Jahre gut zusammengearbeitet und jetzt plötzlich dieses Gewäsch – von wegen sie würde nur ausgenutzt. Sie würde alle Arbeit ganz allein machen. Ich wäre unprofessionell und nebenbei ein echtes Arsch in Cowboystiefeln. Ich hab gedacht, ich spinne. Ohne mich säße die Schlampe doch immer noch als Produktionsassistentin in irgendeinem beschissenen Drittklassesender! Mit mir wurde sie Unternehmerin. Das ist doch was! Und plötzlich diese Kehrtwende. Die hat doch jemand abgeworben! Und mir ist ganz klar, wer dahintersteht. Diese versammelte Lippstadt-Connection. Die wollen mir ans Leder. Und denen ist kein Weg zu dreckig.

Aber gut, mach ich das Ding eben alleine. Ist sowieso

besser bei der derzeitigen Auftragslage. Wir hatten ja schon ein paar Wochen nichts Ordentliches zu tun. Die freien Mitarbeiter gehen uns von der Stange, falls sich nicht bald etwas tut. Wenn die zuviel anderweitig werkeln, fühlen die sich gar nicht mehr verpflichtet. Aber ich sag nur: Soest. Drei Tage. Und der neue Auftrag ist im Ordner. Und dann wird losgelegt. Und zwar ordentlich. Von wegen: heimelige Fachwerkhäuser und kuschelige Altstadt. Ich werd den Lippstädtern zeigen, wo der Hammer hängt. Und der Hammer hängt in Soest. Super Spruch übrigens! Kann ich bestimmt im Stadtportrait verwenden. Super Spruch!

Der Gedanke war ihm am Fenster gekommen. Es war so schrecklich heiß heute. Kaum auszuhalten in seiner Wohnung. Denn eine Klimaanlage war natürlich nicht vorhanden. 750 Euro und keine Klimaanlage. Er hätte nicht hierherziehen sollen. Aber hatte er eine Alternative gehabt, nachdem sein Sohn ihn nicht hatte zu sich holen wollen? Wahrscheinlich hatte der nur deshalb diese winzige Wohnung gekauft, damit er eine Ausrede hatte. Denn eigentlich hätte er sich mehr leisten können. Stefan war Chemiker, genau wie er. Nur arbeitete Stefan in der freien Wirtschaft, und da verdiente man gut. Aber was nützte das alles? Jetzt saß er hier in seiner Wohnung und ärgerte sich. Wahrscheinlich hatte er Krebs, weil er sich ein Leben lang geärgert hatte. Früher über seine Schüler und nun über die Idioten, die ihm seinen Ruhestand verdarben. Gerade jetzt näherte sich wieder so ein Spinner. Irgend so ein türkisches Gedudel scholl zu ihm hoch. Ortwin Strothmann merkte, wie sein Adrenalinspiegel stieg. Er blickte nach unten. Es war wie immer. Offene Fenster, Arm lässig auf der Fensteröffnung und dann volle Lautstärke. Die pure Rücksichtslosigkeit!

Zu Schulzeiten hatte Ortwin einmal ausgerechnet, dass es in einer Klasse von dreißig Schülern im Durchschnitt sechs Störenfriede gab. Über mehrere Jahre hatte er das beobachtet. Der Durchschnitt war sechs, also zwanzig Prozent. Und doch war es so, dass sechs Störenfriede es schafften, dass der Rest nicht in Ruhe arbeiten konnte. Ein unmögliches Verhältnis. Doch es setzte sich fort. Zwanzig Prozent der Gesellschaft verhinderten, dass der anständige Normalbürger zur Ruhe kam. Ein Ding der Unmöglichkeit!

Aber er war es leid. Er war ein Bürger dieser Stadt. Er zahlte Steuern. Und Miete. Und was war die Gegenleistung? Nichts! Keiner sorgte für Ordnung. Die zwanzig Prozent machten, was sie wollten, und niemand griff ein. Aber nicht mehr mit ihm! Er würde sich nichts mehr gefallen lassen! Er war schließlich krank. Und er brauchte seine Ruhe.

Vielleicht sollte ich doch noch mal hinfahren nach Soest. Nachschauen, dass auch alles glatt läuft mit der Auftragsvergabe. Ein bisschen auf die Füße treten, den Soestern. Obwohl – die sind ja pfiffig in Soest. Viel weiter als in Lippstadt. Sieht man doch schon an den Geschäften in Soest. Die kriegen's auf die Reihe. Da läuft's. *H&M, Peek und Cloppenburg, Saturn* – alles da. Da können sie in Lippstadt nur von träumen. Träumt weiter in Lippstadt, träumt weiter! Auch ein super Spruch! Wär' vielleicht eine ironische Spitze so zum Schluss. Um Soest noch mal ganz klar vorneanzustellen. *Träum weiter, Lippstadt!* Super Spruch!

Lippstadt – ich lach mich tot – z. B. wenn ich an die Unterführung am Bahnhof denke. Eine Unterführung, die nichts unterführt! Weil das Geld ausgegangen ist! Wo war die Unterführung im Stadtportrait? Glatt vergessen! Ich lach mich tot.

Ich fahr einfach noch mal hin jetzt, nach Soest. Mal sehen, dass da alles klargeht. Mal eben aus dem Fenster schauen, dass mich niemand beschattet. Ich traue denen ja alles zu, in Lippstadt. Die wollen mich raushauen. Ich sagte es ja schon.

Ich glaube, der Wagen ist in Ordnung. Habe ja extra

das Verdeck obengelassen. Für alle Fälle. Aber super Wetter jetzt. Werde ich gleich erst mal runterfahren. Und dann ab nach Soest. Die Sache klarschaukeln.

Wenn's wieder besser läuft, wird auch das Büro woanders angesiedelt. Diese Ecke von Lippstadt ist nicht das, was unsere Produktionsfirma braucht. Außerdem macht mir der Vermieter schon Stress. Will meinen Wagen pfänden lassen, erzählt er mir ständig, dabei ist der doch eh nur geleast. Scheiß Vermieter! Wahrscheinlich steckt der auch mit den anderen unter einer Decke – mit den alten Paukern, mit den Lippstädter Lokalheinis, den Produktionsamateuren und so weiter und so fort.

Vielleicht gehe ich auch ganz hier weg. Die Lippstädter sind's eh nicht wert. Wie wär's mit Frankfurt oder Köln? Oder mit Soest? Super Wetter heute, echt wahr. Erst mal das Verdeck runtermachen, und dann die Mucke an. Ich liebe solche Tage, wo alles gut läuft. Neuen Auftrag absahnen, feines Sönnchen auf der Stirn und eine Ia-CD im Kasten. Ich liebe solche Tage. Sogar in Lippstadt.

Den Sprengsatz fand er innerhalb weniger Minuten. Eine Bastelarbeit vom Beginn seiner Pensionszeit vor zwei Jahren. Kann man ja immer mal brauchen, hatte er damals gedacht. Aber eigentlich war's nur der Forschung wegen. Davon hatte er ja immer geträumt. Davon, mal etwas richtig Bahnbrechendes zu entdecken. Deshalb hatte er sich ordentlich eingedeckt kurz vor seinem Ruhestand. Er war Leiter der Chemiesammlung gewesen, 24 Jahre lang. Er führte die Bestandslisten. Da war es kein Problem, etwas abzuzweigen. Ein wenig Perchlorat, Phosphor natürlich und Schwefel nicht zu vergessen. Es war ja so leicht. Ortwin Strothmann kannte sich aus. Er hatte ein Leben lang mit Chemikalien gearbeitet. Was heißt „gearbeitet"? Aufsässigen Kindern ein paar Formeln einzuimpfen, konnte man nicht als wissenschaftliches Arbeiten bezeichnen, eher als unterhaltsbedingte Zwangsmaßnahme. Erst nach der Pensionierung hatte ihm die Chemie wieder Spaß gemacht. Er hatte zu experimentieren begonnen, alles sorgfältig protokolliert und erste Entdeckungen gemacht. Ein paar Bausätze hatte er im Steinbruch ausprobiert. Die gingen gut, aber ob dieses komplizierte Konstrukt etwas taugte? Das würde er erst wissen, wenn er es ausprobiert hatte.

Ich hasse Lippstadt. Und was ich am meisten hasse, sind diese beschissenen Schranken an jeder Ecke. Wer fährt denn heute noch Zug? Wegsprengen sollte man das gesamte Schienennetz. Fährt doch eh keiner mit, mit dieser Bummelbahn. Ich weiß nicht, wie oft ich schon an speziell dieser Schranke gestanden habe, die zur Autobahn rausführt. Ich kann‘s nicht mehr haben. Ich kann‘s mir echt nicht mehr antun. Dann lieber am Bahnhof vorbei und über die Lipperoder Straße raus. Jetzt hup doch nicht, du Arschloch, nur weil ich hier von dem Rechtsabbieger runter will! Idioten alles auf der Straße. Sollten lieber Bahn fahren. Idioten alles. Verdammte Hacke, natürlich die Ampel auf Rot. Ich hasse Lippstadt. Kein Mensch kann sich vorstellen, wie ich dieses Lippstadt hasse.

Ortwin hörte die Musik schon von weitem. Ein schwarzer Sportwagen, kein echter, nur so ein japanischer Verschnitt. Natürlich, Arm auf der Fensteröffnung, Verdeck offen, die Musik über Kilometer zu hören. Das Auto stoppte an der Ampel direkt unter seinem geöffneten Fenster. Ortwin hielt den Sprengsatz fest in der Hand. Die Bässe wummerten so, dass die Hauswand zu wackeln schien. Einen Moment fragte sich Ortwin, wie groß die Wahrscheinlichkeit war, dass er den Richtigen traf. Dann war er sich sicher: Hundert Prozent. Wer derart rücksichtslos durch die Gegend fuhr, der gehörte dazu, zu den Störenfrieden. Der gehörte dazu. Hundert Prozent.

Als der Kerl den Motor aufheulen ließ, konnte Ortwin sich nicht länger zurückhalten. Der Bausatz explodierte, als er auf das Kunstleder stieß. Eine Riesenexplosion. Ortwin flogen die Ohren weg. Er konnte nichts mehr hören. Eine Druckwelle ließ ihn ein, zwei Schritte nach hinten taumeln. Als er sich nach vorne beugte, sah er einen Cowboystiefel auf der Straße stehen, ganz aufrecht. Ansonsten nur verbrannten Schrott.

Ein Cowboystiefel ganz alleine unterwegs, dachte Ortwin Strothmann. Dann musste er grinsen. „Super Spruch", hätten seine Schüler früher gesagt. Damals als er noch an der Schule war. In Soest.

Super Spruch. Echt.

Vor dem Gewitter

Er ist schon da, als ich komme. Er schaut auf die Uhr. Er sagt nichts. Aber er schaut auf die Uhr.

„Da bist du ja“, sagt er.

„Genau!“, sage ich.

Dann beginne ich die Wurstwaren aus der Kühle zu nehmen und in die Theke zu legen. Die Obst- und Gemüsekästen stehen draußen vor der Tür. Die muss ich als nächstes einräumen. Es kommt nicht mehr viel. Der Verkauf geht seit Jahren zurück. Das vorige Jahr war so schlecht wie noch nie. Wir mussten das Angebot an Frischwaren weiter einschränken. Weil wir das Angebot an Frischwaren weiter eingeschränkt haben, kommen jetzt noch weniger Kunden. So ist das halt. Auch die Alten aus dem Viertel fahren lieber mit dem Taxi zum Aldi an der Herscheider Straße, als bei uns einzukaufen. Leuten, denen ich jahrelang die Kästen ins Haus geschleppt habe, ist es nicht peinlich, ihre Aldi-Tüte auseinanderzufalten, wenn sie bei uns ein halbes Pfund Quark nachgeholt haben.

Es ist frustrierend. Es hat keine Zukunft. Aber schlimmer noch als alles ist Kurt. Kurt ist mein Schwiegervater, mit dem ich den Laden betreibe. Er wiederum hat den Laden von seinem Vater übernommen. Meine Frau Britta wollte etwas anderes machen, eine Lehre bei Schrauben-Hessmer im Büro. Ich selbst hab ja keine Lehre gemacht, nachdem das mit der Bademeister-Ausbildung fürs *Aqua magis* nicht geklappt hat. Als mein Schwiegervater fragte, ob ich Interesse hätte, habe ich gerade bei Langhammer Getränke ausgefahren. Da dachte ich: Steig ich mal ein! Lebensmittel sind auch nicht anders als Getränke. Arbeiten kann ich, freundlich bin ich auch, probier ich das mal!

Inzwischen hat Kurt mir das Geschäft überschrieben, aber natürlich arbeiten wir weiter zusammen. Einstellen kann ich ja niemanden. Britta geht weiter ins Büro. Wenn sie das nicht täte, wäre sowieso schon alles vorbei. Dann wären wir längst pleite. Es ist schon wichtig, dass Britta auswärts arbeiten geht.

„Die Ananas in Stücken sind nicht ausgezeichnet", sagt Kurt, „das habe ich schon gestern gesagt."

„Mache ich nachher", murmele ich. Schließlich muss ich erst das Gemüse auspacken.

Um zwanzig nach acht der erste Kunde. Frau Dirks, die immer ein bisschen missmutig ist.

„Schwül heute", sagt Frau Dirks.

„Das kannst du aber sagen", antwortet Kurt, „so was von schwül. Und das am frühen Morgen. Und dann so früh im Jahr. Heute gibt's noch ein Gewitter. Garantiert. Heute gibt's noch Gewitter."

Schwiegervater hilft Frau Dirks beim Einkauf. Sie bekommt ein Pfund Butter, sechs Eier, eine Dose Thunfisch. Dann schaut sie auf die Gemüsekästen, die ich gerade auspacke.

„Und drei Tomaten bräuchte ich noch."

„Tomaten, Sascha, Tomaten", sagt Kurt.

„Tomaten", wiederhole ich, als wäre das unser Losungswort. Hektisch stelle ich die Kästen um, damit ich an die Tomaten komme.

„Drei Stück?" Endlich habe ich sie. Ich will sie auf die Waage legen. Aber Kurt nimmt sie mir aus der Hand.

„Drei Tomaten", trällert er in dem Singsang, den ich so hasse. „Drei Tomaten!" Er ignoriert mich, während er abwiegt. Es ärgert ihn, dass, wenn jemand Tomaten will, diese noch nicht ausgepackt sind. Es ärgert ihn alles. Dass ich noch nicht da bin, wenn er kommt. Dass der Laden schlecht läuft. Dass seine Tochter arbeiten gehen muss.

„Wie lange ist die Milch denn haltbar?", fragt Frau

Dirks, während sie an ihrer Brille herumrückt.

„Die Milch, die Milch", Kurt singt wieder. Er schießt die zwei Schritte zu Frau Dirks hinüber. „18.6.", liest er Frau Dirks vor. *Singt* er Frau Dirks vor.

„18. Juni", sagt er dann.

„Das ist ja schon übermorgen", sagt Frau Dirks. „Das ist mir zu kurz."

„Das ist übermorgen", bestätigt Kurt. „Bis übermorgen ist die Milch frisch. *Mindestens!*", fügt er dann gehaltvoll hinzu. „Das ist ja ein *Mindest*haltbarkeitsdatum. Die ist wahrscheinlich noch länger gut. Zwei, drei Tage länger. Vier, vielleicht sogar fünf. Aber die müssen ja was draufschreiben. Die wollen sich ja absichern. So ist das ja heute."

„Übermorgen ist mir zu kurz", grummelt Frau Dirks. „Habt ihr keine Milch mehr, die länger haltbar ist?"

„Wir haben natürlich noch H-Milch. H-Milch ist ja *haltbar*", sagt Kurt. „Die ist richtig lange haltbar." Er greift zu einer Packung. „Die hier zum Beispiel ist haltbar bis zum 22.9. – Ende September."

„H-Milch will ich nicht", sagt Frau Dirks. „Ich möchte Vollmilch kaufen. Habt ihr keine Vollmilch, die länger haltbar ist?"

„Das *ist* Vollmilch", sagt Kurt. Er singt nicht mehr. „Das ist *Voll*milch, die *haltbar* ist. Hier: 3,5% Fett. Das macht eine Milch zur *Voll*milch."

„Das Fett ist mir egal. Ich will nur keine H-Milch."

„Das heißt, du willst *Frisch*milch", sagt Kurt.

„Was weiß ich, wie das heißt."

„Die Frischmilch – ", Kurt schaut die Packungen durch. „Die Frischmilch ist komplett bis zum 18.6. haltbar. 18. Juni."

Frau Dirks schaut brummig.

„Aber heute kommt neue", erklärt Kurt. „Die ist dann länger haltbar. Wir können dir gleich was rüberbringen.

Wieviel willst du denn?"

„Eine."

„Alles klar. Eine Frischmilch. Bringt Sascha dir rüber. – Hast du gehört, Sascha? Eine Frischmilch für Frau Dirks. Bringst du gleich rüber."

Ich könnte in die Kartoffelbox kotzen. Wir bringen Frau Dirks gleich einen Liter Frischmilch hinterher, weil sie nicht bereit ist, eine Packung zu kaufen, die nur bis übermorgen haltbar ist.

„Sascha bringt dir das", sagt Kurt. „Sascha, einen Liter Frischmilch für Frau Dirks."

Er will eine Antwort. Er will, dass ich vor Frau Dirks sage, dass es mir nichts ausmacht, ihr einen Liter Frischmilch zu bringen. Ich tu ihm den Gefallen.

„Mach ich", sage ich. „Ein Liter Milch für Frau Dirks. Bringe ich gleich."

„Ich bezahle den dann jetzt schon mal mit", sagt Frau Dirks.

Das ist wirklich sehr freundlich. Ich bin überaus dankbar, dass ich den Liter Milch nicht gleich an der Haustür kassieren muss. Ich versuche, die Gemüsekisten trotzdem geräuschlos beiseitezustellen. Wieviel verdiene ich an einem Liter Frischmilch, den ich Frau Dirks hinterherbringe? Wieviel? Wie hoch ist mein Stundenlohn, wenn ich das tue?

„Und das noch", sagt Frau Dirks und stellt eine Flasche Eierlikör auf die Ablage.

„Und das noch", singt Kurt hinterher. „Macht zwölfvierundsechzig."

Frau Dirks brummelt etwas, das ich nicht verstehe. Kurt singt ihr das Wechselgeld raus. Um halb neun ist sie aus dem Laden, und ich habe schon jetzt den Kaffee auf. Genervt widme ich mich der Bestelliste. Schwitzenderweise, denn es ist wirklich sehr schwül.

„Hast du die Mirabellen mitbestellt?", fragt Kurt, der

sich an der Kasse sichtlich langweilt. „Die Mirabellen für Frau Strothaus?“

„Habe ich mitbestellt.“

„Wieviel?“

„Zwei Dosen“, sage ich. „Zwei Dosen hattest du gesagt.“

„Dann wird es wohl stimmen.“

Dann wird es wohl stimmen.

Um viertel vor neun der nächste Kunde.

Einer, der bei Weigand im Dachdeckerbetrieb arbeitet.

Er kauft eine Cola und ein Mars.

„Schwül heute, was?“, sagt Kurt.

„Da haben Sie recht.“

„Da kann man eine kalte Cola gebrauchen.“

Der Dachdecker antwortet nicht. Er wartet nur ab, dass er zahlen kann.

„Brauchst du den Zettel noch?“, fragt Kurt jetzt, während er die zwei Artikel eingibt. Er hält mir einen Zettel hin, obwohl ich zwei Meter weg steh. Der Dachdecker kramt nach seinem Geld.

„Brauchst du den Zettel noch?“, fragt mein Schwiegervater erneut. Ich mache einen Schritt auf ihn zu. Die Ware für Frau Wagner, Halsweg.

„Ja, brauche ich noch.“

„Der lag auf dem Boden“, sagt Kurt und reicht mir den Zettel. „Der lag auf dem Boden. Da kannst du ihn ja sehr gut gebrauchen.“

Der Dachdecker zahlt.

„Da kannst du ihn ja schnell finden, wenn du ihn auf dem Boden abgelegt hast.“ Kurt lacht. Er lacht den Dachdecker an. Er sucht Bestätigung. Der Dachdecker schaut verlegen vor sich hin und nimmt das Wechselgeld entgegen.

„Tschüß!“, sagt er und ist blitzschnell aus dem Laden.

„Schönen Tag noch!“, ruft Kurt hinterher.

Ich bin kurz davor, etwas zu sagen. Aber dann kommt die junge Frau aus dem Mehrfamilienhaus gegenüber. Sie hat ihr Baby im Kinderwagen dabei. Kurt hält die Tür auf.

„Einen schönen guten Morgen!“, singsangt er.

„Guten Morgen!“, sagt die Frau. Sie stellt den Wagen ab und kommt dann zur Wurst- und Käsetheke herüber. „Vier Scheiben Gouda hätte ich gern.“

„Vier Scheiben“, sage ich und nehme das Stück, von dem wir schon seit Tagen abschneiden.

„Sonst noch etwas?“

„Nein, danke.“ Sie lächelt kurz.

Dann geht sie weiter in unserem winzigen Geschäft. Fünf Meter breit, vier Meter tief. Es ist eine Minirunde, die man hier drehen kann. An der Tiefkühle nimmt sie eine Packung Rahmspinat raus.

Einen Schritt weiter und sie ist an der Kasse.

„Einmal den Rahmspinat“, singt Kurt „und einmal den Gouda.“ Er zögert. „Was ist denn hier – ? Da kann ich den Preis nicht erkennen. Sascha, was ist das denn hier für ein Preis?“

Ich stürze hinter der Theke hervor und nehme ihm das Päckchen ab. Die Zahlen sind ganz dünn gedruckt. Die Farbrolle in der Kasse scheint verbraucht zu sein.

„2,79“, entziffere ich, „2,79.“

„Da muss man wohl Hellseher sein, um das lesen zu können“, spottet Kurt, während er den Preis eingibt. „Das kann ja kein Mensch lesen, das ist ja viel zu dünn. Da muss man wohl Hellseher sein, um das lesen zu können, aber Hellseher bin ich nicht. Damit kann ich nicht dienen.“

„Ich wechsle gleich die Farbrolle aus“, sage ich.

„Das wäre nicht verkehrt“, sagt Kurt, „sonst müssen wir einen Hellseher einstellen, der unsere Preise sehen kann.“

Lächelnd sucht er wieder Bestätigung bei der Kundschaft.

„Ist ja noch mal gutgegangen“, sagt die junge Frau von gegenüber.

„Na, Gott sei Dank!“, sagt Kurt augenzwinkernd. „Und

einen schönen Tag noch!"

Ich möchten ihn umbringen!

Früher habe ich gedacht, es geht, wenn wir uns die Aufgaben gut einteilen. Er macht die Kasse. Ich mache den Rest. Dann kommen wir uns nicht in die Quere. Heute weiß ich, wir kommen uns in jedem Fall in die Quere. Solange wir gemeinsam in diesem Laden stehen, kommen wir uns in die Quere.

„Das kannst du nicht machen", sage ich. „Du kannst mich nicht anhauen, wenn Kunden im Laden sind."

„Wenn ich den Preis nicht lesen kann, darf ich wohl nachfragen", ruft er erzürnt. „Wie soll ich sonst den Preis eingeben, wenn ich nicht nachfragen darf?"

„Du fragst nicht nach", sage ich, „du – "

Dann höre ich den LKW von der Molkerei vor der Tür.

Zwischen neun und elf kommen zwei Leute. Herr Rennebaum, der sich seit dem Tod seiner Frau selbst versorgt, außerdem ein Schulkind, das sich ein Eis kauft.

In den Leerzeiten räume ich auf, Kurt liest die *Bild*.

„Karstadt steht kurz vor der Pleite", sagt Kurt. „Die Zeiten der Kaufhäuser sind vorbei. Kein Wunder, dass es hier nicht mehr läuft."

„Wir sind kein Kaufhaus", sage ich.

„Dann müsste es bei uns ja laufen", schlussfolgert Kurt.

„Die Zeit der Tante-Emma-Läden ist ebenfalls vorbei", sage ich.

Ich merke sofort, dass ich etwas Falsches gesagt habe. „Wir sind kein Tante-Emma-Laden", sagt Kurt.

„Was sind wir denn dann?"

„Ein Lebensmittel- und Feinkostgeschäft."

„Ein Feinkostgeschäft?" Ich lache mich tot. „Meinst du, die angeranzten Salami- und Goudareste hier stehen für ein Feinkostgeschäft?"

Kurt sieht mich eine Weile an. Dann schüttelt er den Kopf. „Junge, du hast wirklich überhaupt keine Ahnung."

Ich hasse das. Dieses Gelaber. Diese enttäuschte Haltung. Diese besserwisserische Art. Ich weiß, was er denkt. Er denkt: Als ich jung war, ist es gelaufen. Wenn es jetzt nicht läuft, liegt das an ihm.

Dann kommt Frau Federer. Sie kauft ein Fertiggericht und eine kleine Flasche Korn. Schwiegervater ist wortkarg. Er hat sich geärgert. Natürlich über mich. Etwa fünf Minuten ist Stille. Dann ergreift Kurt doch wieder das Wort.

„Was ist jetzt mit Frau Dirks? Sie bekommt einen Liter Frischmilch. Hab ich doch gesagt."

„Ich geh gleich", sage ich, „wenn ich die Sachen für Frau Wagner gepackt hab."

„Natürlich!", sagt Kurt. Was er meint, ist: Das kann ja ewig dauern. Hat ja Zeit.

„Dann gehe eben ich", sagt er schließlich.

Er geht. Nach zehn Minuten ist er wieder da. Ich bin gerade dabei, die Sachen für Frau Wagner zusammenzupacken. Nur die halbe Fleischwurst fehlt noch. Ich will gerade nach dem Messer greifen. Da fällt mir ein, dass wir ein neues Messer haben. Ein Werbegeschenk von *Zimbo*. Wegen Kundentreue.

„Hast du schon wieder ein neues Messer gekauft?", fragt Kurt. Er steht plötzlich vor der Theke.

Die Frage ist absurd. Ich habe noch nie im Leben ein neues Messer gekauft. Genau das ist ja das Problem. Alles in diesem Laden ist alt. Einkaufswagen, Kasse, Regale – alt. Ich hätte gerne ein modernes Geschäft. Am besten einen Kiosk. Ich würde gerne selbst Brötchen aufbacken und damit neue Kunden gewinnen. Ich würde gern alles rausschmeißen, was hier drinsteht und etwas Neues probieren.

„War das alte etwa nicht mehr gut?" Er zeigt auf das Messer, das ich gerade aus der Verpackung geholt hab.

„Das ist ein Werbegeschenk", sage ich. „Von *Zimbo*. Wegen Kundentreue."

„Die verdienen wohl auch zuviel Geld."

Während ich die Pelle von der Fleischwurst zippe, denke ich: Ich könnte ihn umbringen. Und ich denke: Das Messer ist gut.

Dann hält ein Auto vor der Tür. Jemand im Anzug steigt aus. Ein Vertreter wahrscheinlich. Bevor er reinkommt, zieht er seine Anzugjacke aus und hängt sie hinten im Auto auf einen Bügel. Als er eintritt, sehe ich an seinem Hemd Schweißflecken unter den Achseln. Ich bin sicher, es gibt bald ein Gewitter.

„Guten Morgen!", sagt er. Ein Strahlemann. „Eine *TV Spielfilm* hätte ich gern."

Kurt hektikt zum Zeitungsregal.

„*TV Spielfilm*", singsangt er. Dann hört er auf zu singen. „Oh, ich fürchte, die ist nicht mehr da."

„Schade!", sagt der Vertreter und wendet sich zum Gehen.

„Tut mir furchtbar leid", sagt Kurt, „da haben wir wohl zu wenig bestellt."

„Macht ja nichts." Der Typ ist schon halb aus der Tür.

„Wenn man zu wenig bestellt, ist eben nichts mehr da." Kurts Tonfall birgt einen Vorwurf.

„Es muss noch eine da sein", widerspreche ich und komme endlich hinter der Theke hervor. Der Vertreter sitzt bereits in seinem Auto. Mit dem Messer in der Linken krame ich in den Zeitschriften herum. Man hört den Wagen wegfahren. Endlich habe ich sie. Ich wusste doch, dass noch eine da war. „Hier ist doch noch eine!"

„Na, wunderbar!" Kurts Stimme überschlägt sich beinahe. „Gut, dass wir unsere Ware verstecken. Dann brauchen wir sie nicht zu verkaufen. Hast du noch mehr versteckt? Ein paar Dosen Mirabellen vielleicht?"

Ich will antworten, dann höre ich ein Auto. Vielleicht kommt der Vertreter zurück. Dann kann ich ihm jetzt seine Zeitschrift verkaufen.

Die Tür wird aufgerissen. Zwei Leute stürmen herein

mit Wollmützen über dem Gesicht. In die Mützen haben sie Schlitze für die Augen geritzt. Ich weiche zurück, habe meine Hände im Zeitschriftenregal.

Hektisch blicken sich die Eindringlinge um. Beide haben ein Messer in der Hand, einer außerdem eine Tüte von Aldi. Der eine stürzt zu mir und hält mir das Messer vors Gesicht, der mit der Tasche wendet sich an Kurt.

„Geld rein!“, brüllt er. Schwiegervater zittert. Doch ist auch Widerstand in seinem Blick zu erkennen.

„Wir haben nichts!“, brüllt er zurück. „Wir sind ein kleines Geschäft. Ein Tante-Emma-Laden. Wir nehmen nicht viel ein!“

„Geld rein!“, brüllt der Kerl vor ihm jetzt lauter. „Sofort!“

Endlich schließt Kurt die Kasse auf und nimmt die Scheine heraus. Es sind nicht viele. Wie sollte es auch?

„Mehr!“, brüllt der Typ.

„Mehr ist nicht da!“, brüllt Schwiegervater zurück.

Die beiden Einbrecher sehen sich an. Der, der bei mir steht, macht eine Kopfbewegung zur Tür hin. Gleichzeitig stürmen sie raus, zwei Sekunden später heult der Motor auf.

Ich bin wie erstarrt.

„90 Euro“, sagt Kurt. „Hab ich nicht oft genug gesagt, dass wir das Geld zwischendurch wegschließen müssen?“

„90 Euro“, sage ich, „was willst du da wegschließen?“

„Na gut, wenn du auf 90 Euro verzichten kannst!“ Kurts Stimme überschlägt sich wieder mal. Vor Anspannung. Vor Aufregung. Vor Zorn. „Aber klar kannst du das. Deine Frau geht ja arbeiten. Dein eigenes Geld verdienen musst du ja nicht.“

Ich blicke auf meine Hände. Noch immer habe ich das Messer in der Hand. Das Messer von *Zimbo.*

Das Messer ist gut. Es reicht ein einziger Stoß. Dann sackt er vornüber und atmet nicht mehr.

Das Messer ist auch gut, weil niemand es vermissen

wird.

Ich wasche mir sorgfältig die Hände, dann rufe ich die Polizei. Während ich wähle, beginnt es draußen zu regnen.

„Ein Überfall“, sage ich. „Man hat uns ausgeraubt und meinen Schwiegervater niedergestochen.“

Es dauert acht Minuten, bis die Streifenwagen da sind. Bis dahin habe ich das Messer längst im Kompost versteckt. Ich werd den Laden umbauen. Große Kaufhäuser laufen nicht, das weiß jedes Kind. Aber Kioske mit Aufbackbrötchen – da sieht’s schon anders aus.

Letzte Hoffnung Rothaarsteig

Als Dörte die Wohnungstür aufschloss, war sie auf alles gefasst. Vorsichtig drückte sie die Tür im Zeitlupentempo nach innen und atmete tief durch. Ein muffiger Geruch drang ihr aus der Wohnung entgegen. Hier war lange nicht gelüftet worden. Aber immerhin: Nichts, was auf Schlimmeres hindeutete.

Vorsichtig schob Dörte sich in den Flur hinein. Erst in der Küche wurde sie etwas mutiger. „Astrid?“, sagte sie, obwohl sie genau wusste, dass niemand antworten würde.

Einen Moment hielt sie inne. Nach einem Anruf von Astrids Kollegin war sie extra von Bremen nach Hamburg gereist, weil sie sich Sorgen gemacht hatte. Ihre Schwester hatte drei Tage freigehabt, war danach aber nicht zur Arbeit erschienen. Das war eigentlich nicht ihre Art. Selbst wenn sie auf der Rückfahrt von einem Kurzurlaub aufgehalten worden wäre, hätte sie sich immer gemeldet – entweder bei ihr, ihrer einzigen Schwester, oder direkt in der Klinik. Was um Himmels willen war los mit Astrid? Und warum war sie auf dem Handy nicht zu erreichen?

Dörte sah sich in der Wohnung um. Kein Zettel, kein Brief. Der Kühlschrank war weitgehend leer, Astrids Koffer aber lag unberührt auf dem Schrank. Nachdenklich setzte Dörte sich aufs Bett. Ein Funkwecker tickte auf dem Nachttisch leise vor sich hin. Dann fiel ihr Blick auf die Arbeitsecke gegenüber. Hastig stand Dörte auf und kramte ein paar Schubladen durch – nichts, was irgendwie wichtig aussah – Postkarten, Prospekte, Krimskrams, ein Foto von Thorsten. Dörte betrachtete es eine Weile. Ein gutaussehender Mann. Blondes, leicht gewelltes Haar und stahlblaue Augen. Dörte hatte nur schwer verstehen können, warum Astrid sich von dem Ingenieur getrennt hatte. Aber Aussehen war schließlich nicht alles. Schließlich legte Dörte das Portraitfoto weg und stellte den Computer an. Kurz nachdem sie den Internetzugang angeklickt hatte, zeigte sich ein Schriftzug: „Sie haben 24 E-Mails erhalten!" Gespannt öffnete Dörte das E-Mail-Programm. Beim Abholen der Nachrichten kam ihr kurz in den Sinn, wie Astrid reagieren würde, wenn sie herausfand, dass Dörte hier herumgestöbert hatte. Einen Moment verharrte sie deshalb. Dann entschied sie sich, das Risiko einzugehen. Astrid hatte ihr den Wohnungsschlüssel für Notfälle gegeben. Und falls das hier kein Notfall war, umso besser. Gern würde Dörte sich von ihrer Schwester einmachen lassen – wenn es ihr nur gutging!

Eine nach der anderen las Dörte die Mails durch, sogar die Werbung. An privaten Nachrichten gab es nichts Aufschlussreiches. Eine Freundin hatte Bilder von einem gemeinsamen Ausflug geschickt. Ihre Kollegin Sylvie – das war die, die sich auch bei Dörte gemeldet hatte – erkundigte sich in drei Mails, warum Astrid nicht zur Arbeit erschienen war. Dann eine Mail von Thorsten. Nur drei Worte: „Ich vermisse Dich!"

Dörte zögerte kurz, dann kam ihr die Idee, auf der Eröffnungsseite nach den zuletzt aufgerufenen Internet-Adressen zu forschen. www.Rothaarsteig.de stand da als aktuellste Page. Dörte klickte die Seite an. Im Nu tat sich vor ihr ein Naturpanorama auf. *Der Weg der Sinne* stand da. Dörte las sich kurz ein. Der Rothaarsteig schien ein Wanderweg zu sein, der im Sauerland begann. Wenn sie sich nicht täuschte, lag das irgendwo in Westfalen. Dörte klickte die Landkartenfunktion an. Tatsächlich. Südöstlich vom Ruhrgebiet machte sich das Sauerland breit, ein Mittelgebirgsstreifen mit viel Grün, wie es schien. Ob Astrid eine Wandertour geplant hatte? Flugs lief Dörte in den Flur und untersuchte den Schuhschrank. Tatsächlich,

Astrids Wanderschuhe fehlten, außerdem ihr großer Rucksack, und im Bad stand keine Zahnbürste im Becher. Dörte betrachtete den leeren Zahnputzbecher. Astrid hatte ihre freien Tage also für einen Wanderurlaub genutzt. Aber warum war sie nicht rechtzeitig zurückgekehrt, um ihren Dienst anzutreten?

Es dauerte zwei Minuten, dann hatte Dörte ihre Entscheidung gefällt. Heute war Montag. Bis spätestens Mittwoch konnte sie sich beruflich freimachen. Sie würde ihre Schwester suchen. Im Sauerland. Und wenn sich am Ende alles als großes Missverständnis herausstellte, dann hatte sie zumindest einen netten Kurzurlaub gehabt!

„Hast du schon Kartoffeln geschält?" Die Stimme ihrer Schwiegermutter klang unzufrieden.

„Heute gibt's Nudeln." Luisa wuchtete mit Schwung das Wäschefass auf einen Sessel.

„Schon wieder? Es gab doch schon vorgestern Nudeln."

„Richtig. Und gestern Kartoffeln."

„Kartoffeln kann man jeden Tag essen."

„Nudeln auch."

„Kein Wunder, dass die Kleinen andauernd krank sind."

„Die Kleinen sind nicht andauernd krank."

„Wie würdest du es denn nennen, wenn ihre Nase läuft und sie Kopfschmerzen haben."

„Lars war erkältet. Herrgott, ist das so schlimm?"

Ihre Schwiegermutter schwieg pikiert. Ihrem Blick nach zu urteilen würde Luisa noch büßen für ihre forsche Bemerkung.

Irgendwann hielt die alte Frau das Schweigen dann doch nicht mehr aus. „Wann kommt denn der Pastor?"

Luisa zuckte innerlich zusammen. „Warum?"

„Wegen meiner Krankenkommunion."

„Du weißt doch, die Termine verschieben sich manchmal.“ Luisa versuchte ihrer Stimme einen leichten Klang zu geben.

„Kein Wunder, dass sich seine Termine verschieben, wenn er ständig auf Achse ist.“

„Schön, dass du das immer im Blick hast!“ Luisa seufzte und ging aus dem Zimmer.

„Sind meine Taschentücher noch nicht fertig?“, kläffte ihre Schwiegermutter hinter ihr her.

„Muss ich noch bügeln!“ Luisa drehte sich nicht mehr um. Ihr reichte es fürs erste.

Missmutig räumte sie das Paar Turnschuhe zur Seite, das ihr Sohn in den Flur gepfeffert hatte. Er und Milena waren in der Schule, aber das bedeutete keineswegs, dass man ein paar Stunden Ruhe hatte – zumindest dann nicht, wenn man mit jemandem wie ihrer Schwiegermutter in einem Haus wohnte. Luisa blieb einen Moment am Fenster stehen und blickte zum Pfarrhaus hinüber. Kein Wunder, dass ihre Schwiegermutter alles mitbekam. Der Blick war vorzüglich. Drüben wirkte alles dunkel und leer, obwohl das Auto vor der Tür stand. Die Worte ihrer Schwiegermutter kamen Luisa in den Sinn: „ ... wenn er ständig auf Achse ist.“ Die Frau konnte ja nicht ahnen, wie es war, von einer Beerdigung zur liturgischen Nacht zu hetzen, um am nächsten Morgen zur Frühmesse wieder fit zu sein. Da musste die Krankenkommunion bei der Nachbarin halt schon mal warten. Nur leider war es dann Luisa, die sich anschließend das Genörgel anhören musste.

Im Prinzip war ihre Schwiegermutter unerträglich. Die ganze Wohnsituation war unerträglich – vor allem seit Andreas nicht mehr lebte. Luisa kniff die Augen zusammen. Vier Jahre war Andreas jetzt tot. Und immer noch lebte sie hier mit ihrer Schwiegermutter unter einem Dach. Obwohl sie schon im ersten Jahr gedacht hatte, sie hielte es nicht mehr aus. Mietersparnis hin oder her!

„Luisa?“ Da! Schon wieder ihre Stimme!

„Wann machst du denn den Garten fertig?“

Warum kam sie jetzt wieder auf diesen verflixten Garten zu sprechen? Schon war im Flur der Rollator zu hören.

„Willst du warten, bis es gefroren hat?“

„Mutter! Ich habe auch noch andere Dinge zu tun!“

„Und was ist mit dem Grab? Das verkommt doch! Wenigstens ein paar Erika könntest du mal aufpflanzen.“

„Ich habe diese Woche wenig Zeit.“

Dieser misstrauische Blick! Als würde Luisa täglich auf die Rolle gehen. Als hätte sie sich diese Freiheit auch nur ein einziges Mal herausgenommen!

„Na, wenn du keine Zeit für das Grab hast! Dann werde ich mich wohl selbst hinschleppen müssen!“

Schwiegermutter drehte ab und ging. Luisa ballte die Faust. Manchmal würde sie sie am liebsten umbringen. Wirklich! Umbringen!

Als der Briloner Polizeiobermeister Ulf Schulte aus dem Fenster blickte, konnte er die Frau, die soeben die Polizeiwache verlassen hatte, Richtung Park gehen sehen. Sie war ärgerlich, mutlos, enttäuscht. Kein Wunder, so, wie sein Chef sie abgebürstet hatte. Nur weil sie eine Vermisstenanzeige hatte aufgeben wollen. Er zögerte einen Augenblick, dann griff er nach seiner Jacke.

„Wo willst du hin?“, fragte der Alte missmutig.

„Zigaretten holen“, gab Ulf zurück. Als er endlich vor der Tür war, begann er zu rennen. Er holte sie ein, als sie vor den ergonomisch geformten Bänken am Weiher stehenblieb und diese aufmerksam betrachtete. Als sie Ulf wahrnahm, blickte sie ihm sauer entgegen.

„Es tut mir leid“, sagte Ulf zur Begrüßung, „dass mein Kollege so barsch war, meine ich jetzt.“

Die Frau wartete irritiert ab.

„Ich wollte Ihnen nur sagen“, Ulf steckte seine Hände noch tiefer in die Taschen seiner Dienstjacke, „ich kann

Ihre Sorge gut verstehen. Und wenn ich Ihnen irgendwie helfen kann – außerhalb der Dienstzeit, meine ich jetzt – dann würde ich das gerne tun."

Die junge Frau runzelte die Stirn. Dann ging sie sich mit der Hand durch ihr langes blondes Haar. „Dürfen Sie das denn?"

„Gute Frage!" Ulf schnaubte. „Sagen wir so, ich würde es einfach tun."

Der Hauch eines Lächelns umspielte ihr Gesicht. „Wann wäre es Ihnen denn recht?"

Ulf dachte kurz nach. „Heute Abend wäre gut. Vielleicht in der Eisdiele am Markt. Die ist ganz einfach zu finden. Wobei – halt – vielleicht doch besser außerhalb", Ulf Schulte überlegte. „Sind Sie mit dem Auto hier?"

Die junge Frau nickte.

„Wie wäre es, wenn wir uns in Willingen träfen, eine halbe Stunde von hier? Da gibt es ein Restaurant, das etwas abgelegen ist, das *Stryckhaus* an der Mühlenkopfstraße."

„Okay, ich habe ein Navi."

„Sagen wir: halb acht?"

Wieder dieses Lächeln. Etwas verschmitzter jetzt. „Gut, ich werde da sein."

Ulf sah sie einen Moment zu lange an, dann drehte er sich um und lief zurück.

„Christian? Ich bin's!" Endlich öffnete sich die Tür.

„Luisa ... wie kommst du dazu ... wir haben doch etwas besprochen."

„Christian, ich muss mit dir reden."

„Luisa, du kannst nicht einfach hierherkommen, das weißt du doch. Warum hast du nicht angerufen?"

„Weil ich dich persönlich sprechen wollte."

„Ach verflixt – nun komm schon herein."

Luisa sah aus wie ein verfrösteltes Kind, wie sie da im Flur des Pfarrhauses stand. Christian widerstand dem

Drang, sie in den Arm zu nehmen.

Nicht wieder von vorn!, hämmerte er sich innerlich ein. Nicht wieder von vorn!

„Christian, ich halt das nicht aus!" Luisa hatte schon Tränen in den Augen. „Ich kann an nichts anderes denken als an dich. Was du wohl machst. Wie es dir geht. Ob dir die Trennung leichter fällt als mir. Ich kann – ich kann so nicht leben, fürchte ich." Luisa fing an zu schluchzen – in ihre bloßen Hände hinein. Sie schrie danach, getröstet zu werden.

Nicht wieder von vorn! Nicht wieder von vorn!

„Luisa, mir fällt das auch nicht leicht, glaub mir. Aber wir waren uns einig, dass wir keinerlei Perspektive haben. Dass wir versuchen müssen, uns zu lösen."

Luisa blickte hoch. Christian hatte diesen Blick befürchtet. Er enthielt soviel. Eine Bitte. Eine Anklage. Die Frage, warum es denn keine Perspektive gab. Er hatte ja selbst einmal daran geglaubt. Bis er dann gemerkt hatte, dass er das einfach nicht wollte, dass er das einfach nicht konnte und dass Luisa ...

„Luisa, ich kann nicht", sagte er schließlich. „Ich möchte diesen Beruf nicht aufgeben. Und glaub mir, wenn ich es täte – wir würden trotzdem nicht glücklich miteinander werden."

Luisa starrte ihn an. Aus ihren wunderbaren dunkelbraunen Augen starrte sie ihn an. Dann drehte sie sich um und riss die Tür auf. Als sie sie zuschlug, biss sich Christian in seinen Handrücken. Er fühlte sich wie ein Schuft – wie ein ganz mieser Schuft.

Dörte konnte nicht mehr. Dieser Rothaarsteig hatte es in sich. Überhaupt diese Steigungen im Sauerland! Dörte war so etwas nicht gewöhnt. Wie schnell sich ihre Stimmung geändert hatte! Eben noch hatte sie bei *Borbergs Kirchhof* auf einer der moosbewachsenen Mauern der alten Befestigungsanlage gesessen und sich die Sonne ins Gesicht scheinen lassen. Sie hatte an den gestrigen Abend gedacht, den sie mit dem jungen Polizisten verbracht hatte. Zig Möglichkeiten waren sie durchgegangen, wo Astrid sein könnte. Und dann hatten sie über andere Dinge gesprochen. Trotz der Umstände war es ein sehr schöner Abend gewesen. Ein so schöner Abend, dass er stimmungsmäßig bis zum nächsten Morgen nachgewirkt hatte. Eben auf dem sonnenbeschienen Mäuerchen war ihr Astrid so nahe gewesen, dass sie sicher war, alles würde sich auf natürliche Weise aufklären. Beschwingt war sie weitergelaufen. Aber jetzt war sie plötzlich am Ende. Was tat sie eigentlich hier? Sie lief einen Wanderweg entlang in der abstrusen Hoffnung, irgendein Lebenszeichen ihrer Schwester zu finden. Ihre Füße schmerzten. Die Schuhe, die sie sich am Morgen in Brilon besorgt hatte, waren zwar wandertauglich, aber noch nicht eingelaufen. Außerdem hatte sie Hunger. Sie hatte zwei Brötchen mitgenommen und einen Apfel. Jetzt hätte sie allerdings lieber etwas Warmes gegessen ...

Dann riss sich Dörte zusammen. Was war mit Astrid? Warum hatte sie immer noch nicht angerufen? Was, wenn sie noch in Hamburg überfallen worden war? Vergewaltigt vielleicht und dann irgendwo hilflos liegengelassen. Dörte stiegen Tränen in die Augen. Sie war hier am falschen Ort. Und sie konnte nicht mehr! Verdammt noch mal, sie war mit ihrer Kraft tatsächlich schon am Ende! Verzweifelt warf sie einen Blick auf die Hinweistafel, vor der sie stehengeblieben war. Wie viele Kilometer war sie jetzt gelaufen? Acht? Zehn? Zwölf? Sie wollte zurück. Nach Bremen am besten. Oder zumindest in ihre Pension. Resigniert nahm Dörte ein Taschentuch aus der Jackentasche und putzte sich die Nase. Als sie nach einem Mülleimer suchte, musste sie feststellen, dass entweder irgendwelche Chaoten sich daran ausgelassen hatten – oder sich ein Tier über den Inhalt hergemacht hatte. Flaschen, Alufolie, Verpackungen, der ganze Müll lag in einem Umkreis von drei Metern um den Eimer verteilt. Dörte fand es ein klein wenig grotesk, dass sie ihr Tempo trotzdem in den Eimer warf. Dann plötzlich stach ihr in dem umliegenden Unrat etwas ins Auge. Etwas Rotes. Eine Plastiktüte. Aber eine, die ihr bekannt vorkam – und zwar aus ihrer Hamburger Zeit. Aufgeregt suchte sie nach einem Stock und drehte die Tüte vorsichtig um. *Confiserie Godiva.*

Dörte schlug plötzlich das Herz bis zum Hals. Die *Confiserie Godiva* war ein Edelladen in Hamburg! Sofort warf sie den Stock weg und sah sich die Tüte näher an. Zwei Bananenschalen lagen darin. Und das Papier von einem Twix. Dörte schluckte. Das konnte kein Zufall sein! Niemand aß so viele Bananen wie Astrid. Das hieß, sie musste wirklich hier gewesen sein! Entschlossen wühlte Dörte jetzt den kompletten Müll durch. Bonbonpapier, Papiertaschentücher, leere Plastikflaschen. Aber nichts weiter, was auf Astrid hingedeutet hätte. Trotzdem – sie hatte die Tüte! Und deshalb würde sie weiterlaufen! Und herausfinden, wo Astrid war. Ihre Füße taten plötzlich gar nicht mehr weh. Und Hunger hatte sie auch nicht. Sie würde Astrid finden, vielleicht sogar heute noch. Sie würde sie ganz bestimmt finden!

„Schlecht geschlafen?" Die Stimme ihrer Schwiegermutter stach Luisa ins Ohr wie eine Stecknadel. Luisa machte sich nicht die Mühe zu antworten. Natürlich hatte sie schlecht geschlafen. Oder besser: Sie hatte gar nicht geschlafen. Christians Worte hatten ihr die ganze Nacht über in den Ohren gedröhnt. *Keine Perspektive – Beruf nicht aufgeben – nicht glücklich miteinander.* Luisa hätte alles getan, um eine gemeinsame Zukunft mit Christian zu haben. Sie *hatte* alles getan.

„Drüben sind auch noch alle Rolladen unten. Scheint

heute mal richtig ausschlafen zu wollen, der Herr Pfarrer."

Luisa schloss die Augen.

„Nun, kein Wunder. Hat ja gestern auch noch Besuch gekriegt."

Luisas Gesicht begann zu brennen. Sie war gestern Abend fest davon ausgegangen, dass ihre Schwiegermutter bereits im Bett lag.

„Ich dachte erst, es sei Schröers Ilse gewesen. Die wirft ihm ja gelegentlich die Lektorenpläne ein. Aber die kann's nicht gewesen sein." Schwiegermutter machte eine rhetorische Pause.

„Warum nicht?", sprang Luisa vorsichtig an.

„Na, die kommt doch immer mit Hund, wenn sie nur etwas abzugeben hat."

„Nun, vielleicht hatte jemand anderes etwas abzugeben." Luisas Stimme zitterte. Jeder andere außer ihrer Schwiegermutter hätte das gemerkt.

„Und hüllt sich dabei ein wie eine Ordensfrau? Nein, nein, Luisa, du nimmst den Mann zu Unrecht in Schutz. Da wollte sich jemand verbergen."

Luisa war heilfroh, dass sie nicht auf direktem Wege nach Haus gekommen war.

„Mutter, es ist kalt draußen. Wahrscheinlich wollte sich da nur jemand vor der Kälte schützen."

„Du weißt ja sowieso alles besser." Schwiegermutter war eingeschnappt. Dann konnte Luisa eigentlich nichts mehr verkehrt machen.

„Wir ziehen aus", sagte sie.

Luisa sah, wie ihrer Schwiegermutter die Gesichtszüge entglitten.

„Was soll das heißen – ihr zieht aus?"

„Das soll heißen, wir ziehen aus, die Kinder und ich. In eine eigene Wohnung."

Einen Moment, dann hatte ihre Schwiegermutter sich schon wieder gefasst.

„Papperlapapp“, wischte sie alles beiseite, „das könnt ihr ja gar nicht.“

„Natürlich können wir“, Luisa fasste all ihren Mut zusammen. „Weil ich wieder zu arbeiten anfange.“

Ihre Schwiegermutter schluckte sichtbar.

„Und die Kinder?“, zeterte sie dann los. „An die denkst du gar nicht. Müssen schon ohne ihren Vater aufwachsen. Und dann auch noch mit einer Mutter, die sich bei der Arbeit vergnügt? In einer beengten Wohnung, weit weg von ihrem Zuhause?“

„Alles ist besser als das hier.“

„Habt ihr es hier etwa nicht gutgehabt?“ Jetzt ritt Schwiegermutter eine andere Tour. „Hat es euch jemals an irgendetwas gefehlt? Und überhaupt – was soll aus mir werden?“ Schwiegermutter schossen die Tränen in die Augen.

„Wir werden dich besuchen“, sagte Luisa. Dann verließ sie das Zimmer.

Es war sechs Uhr, als Dörte auf einem der Bruchhauser Steine saß und heulte. Sie war gelaufen – Kilometer um Kilometer – und hatte nach weiteren Spuren von Astrid gesucht. Hatte alle Mülleimer auseinandergenommen in der Hoffnung, einen weiteren Hinweis zu finden. Das Ergebnis war niederschmetternd gewesen: Nichts. Womöglich stammte die Hamburger Tüte doch nicht von Astrid, sondern von anderen Touristen. Vielleicht war ihre kurzfristige Hoffnung nichts als eine Seifenblase gewesen.

Dörte zog die Nase hoch und sah sich mit tränengefüllten Augen um. Die Aussicht war überwältigend, keine Frage, ein Blick viele Kilometer über die hügelig schwingende Landschaft des Sauerlandes hinweg. Die Wälder in Grün-, Gelb-, Rot- und Brauntönen. Eine herbstliche Bilderbuchkulisse, einfach atemberaubend. Dörte zog all das nur noch mehr herunter.

Als Dörtes Blick auf den felsigen Aufstieg fiel, den sie eben hinaufgekraxelt war, musste sie plötzlich an einen Ausflug denken, den sie und Astrid als Kinder gemacht hatten. Sie hatten sich ein Picknick eingepackt, ein Plastikfernglas, dazu ein altes Hanfseil, und damit hatten sie den Steinbruch erklimmen wollen, am Rande des Dorfes, wo sie eigentlich gar nicht spielen durften. Schon nach einer Viertelstunde war es passiert. Astrid war abgerutscht, ein paar Meter nach unten gepurzelt, bis sie schließlich an einer Böschung hängengeblieben war. Allerdings mit einer heftigen Verletzung am Fuß. Dörte war zu ihr hin, hatte sie aber auch nicht abschleppen können. Dörte konnte sich noch genau erinnern, wie sie mit ihrer Schwester dagekauert hatte – in der Hoffnung, dass endlich jemand kam und sie fand – und gleichzeitig in der Sorge, dass es dann mächtig Ärger geben würde. Vielleicht waren sich die beiden nie so nahe gewesen wie damals im Steinbruch, als Astrid sich den Fuß gebrochen und Dörte bei ihr ausgeharrt hatte.

Dörte fröstelte. Sie hatte dermaßen geschwitzt bei ihrem Aufstieg, dass ihr nun, da sie seit einer halben Stunde hier saß, furchtbar kühl geworden war. Sie fühlte mit der Hand ihren Rücken. Eine kalte Nässe durchzog ihr Unterhemd. Der heftige Wind, der hier oben blies, ließ sie frösteln. Die Familie, die eben noch am Fuß des Steines Fotoaufnahmen gemacht hatte, war inzwischen verschwunden. Kein Wunder. Die Dämmerung war derartig schnell aufgezogen, dass jeder zusah, dass er hier wegkam. Plötzlich wurde es Dörte mulmig. Wie hatte sie sich nur so lange hier aufhalten können? Es war der reine Wahnsinn, jetzt im Dunkeln zu Fuß den Berg hinunterzutapern.

Hektisch stand Dörte auf und versuchte sich zu konzentrieren. Endlich fand sie das kleine Geländer, das dem Wanderer an den gefährlichsten Stellen des Felsens Halt geben sollte. Dörte war nicht schwindelfrei, beim Aufstieg hatte sie das nicht gemerkt – jetzt aber sehr wohl!

Sie riss sich zusammen und blickte krampfhaft nur dahin, wo sie den nächsten Schritt hinsetzen konnte. Als sie plötzlich ein Geräusch hörte, fuhr sie herum. Ein Knistern wie von einem Reißverschluss. Augenblicklich rutschte sie mit dem Fuß zur Seite, so dass ein paar Steinchen davonstoben. Aus reinem Reflex ließ Dörte sich auf den Hosenboden fallen. Dann stockte ihr plötzlich der Atem. Was war das für ein Geräusch gewesen? Oder hatte der Wind ihr bloß einen Streich gespielt? Aufmerksam blickte Dörte sich um, konnte aber nichts als die dunklen Umrisse des Felsens erkennen. Den Rest des Abstiegs rutschte Dörte mehr auf dem Po, als dass sie lief. Zwei Minuten später hatte sie festen Boden unter den Füßen und klopfte sich die Hose ab. Jetzt stand ihr noch der Rückweg durch den Wald bevor. Zumindest bis zum Info-Center der Bruchhauser Steine musste sie laufen. Dorthin konnte sie sich dann ein Taxi bestellen, um zurück nach Brilon zu gelangen, wo sie ihr Auto abgestellt hatte.

Im Wald war sie wenigstens vor dem Wind geschützt, allerdings drohte sie immer wieder über Wurzeln zu stolpern. Krampfhaft versuchte sie, auf dem Boden etwas zu erkennen. Dann wieder ein Geräusch! Dörtes Kopf schoss nach oben. Es kam ihr jemand entgegen. Die Gestalt hob sich deutlich von den Bäumen ab. Ein Mann, das war an der Statur eindeutig zu erkennen.

Dörte überkam Panik. Sie war hier mitten im Wald, in der Dunkelheit und mutterseelenallein. Ihr Herz klopfte bis zum Hals. Sie verlangsamte ihren Schritt. Nie zuvor hatte sie sich so schutzlos gefühlt. Der Mann kam zügig näher. Dörte hielt den Atem an. Zwei, drei Schritte vor ihr verlangsamte der Typ seine Geschwindigkeit.

„Sind Sie das?“

Dörte bebte. Dann wagte sie es, dem Kerl ins Gesicht zu blicken. Ulf Schulte! Der junge Polizist, mit dem sie den gestrigen Abend verbracht hatte. Die Erleichterung überkam Dörte mit einer solchen Wucht, dass sie sich nicht zurückhalten konnte. Sie sprang dem Mann in die Arme. Und dann heulte sie. Sie heulte wie ein Schlosshund. Um ihre Schwester. Und weil ihre Füße schmerzten. Und weil sie solche Angst gehabt hatte. Noch nie zuvor hatte sie so geweint. Nicht mal beim Tod ihrer Eltern.

„Was haben Sie sich nur dabei gedacht?“ Die Stimme des jungen Polizisten barg Besorgnis, sicherlich, aber auch ein gewisses Maß an Unverständnis. Kein Wunder! Dörte starrte aus dem Fenster des schwarzen Golfs.

„Wie haben Sie mich überhaupt gefunden?“, fiel es ihr plötzlich ein.

„Schließlich haben Sie gestern gesagt, dass Sie mit dem Gedanken spielen, den Rothaarsteig zu erwandern. Als ich dann Ihr Auto sah – auf dem Zuweg zum Steig – habe ich gewusst: Sie haben das tatsächlich in Angriff genommen. Daraufhin bin ich drei zentrale Wanderpunkte angefahren – in der Hoffnung, Sie zu finden. Sie sind ganz schön weit gekommen.“

Dörte konnte sich über das Kompliment nicht wirklich freuen. Sie war einfach nur fertig.

„Was, wenn Sie abgestürzt wären?“, schimpfte der Polizist weiter. „Die Temperaturen sind nachts fast unter Null.“

„Ich fühle mich schon jetzt, als wäre ich angefroren“, Dörtes Bemerkung kam trockener, als sie geplant hatte.

„Am besten nehmen Sie gleich als erstes ein Bad!“

„In meinem Pensionszimmer?“ Dörtes Tonfall barg Ironie.

„Wir werden sehen.“

Der Wagen bog nach links ab, Richtung Bestwig. Dort wohnte Ulf Schulte. Wenn Dörte sich nicht täuschte, hätte ihr Fahrer nach Brilon geradeaus fahren müssen. Aber ihr war einfach zu kalt, um ihm zu widersprechen.

Um fünf Uhr stand Dörte am Busbahnhof und betrachtete den Fahrplan. Der erste Bus von Bestwig nach Brilon fuhr um sechs. Der Zug kam noch später, um viertel nach. Ob sie versuchen sollte, ein Taxi zu bekommen? Schon wieder fröstelte sie – selbst schuld, wenn sie in aller Herrgottsfrühe durch Bestwig wanderte. Sie war verwirrt – und dann doch wieder seltsam klar. Ulf war mit ihr zu seinem Häuschen gefahren. Von dort hatte sie bei ihrer Chefin angerufen und um zwei weitere Tage Urlaub gebeten. Dann hatte sie ein Bad genommen, Ulfs Sachen angezogen und erzählt. Von ihrer Kindheit und von der roten Plastiktüte und von ihrer Angst, dass Astrid etwas zugestoßen war. Und sie hatte gelacht und geweint, und Ulf hatte sie getröstet, und dann – fast wie von selbst – hatte sie mit Ulf geschlafen. Mit einem Mann, den sie nicht einmal zwei Tage kannte. Ein Mann, der zudem überhaupt nicht ihr Typ war und der ihr doch so nah gekommen war. Mein Gott, sie sollte ihre Schwester suchen! Stattdessen stieg sie mit dem erstbesten Kerl in die Kiste! Sie wollte einfach nur weg. Aber das war frühmorgens in Bestwig gar nicht so leicht!

Dörte fröstelte. Schon wieder! Dann sah sie das beige Fahrzeug. Fast reflexartig riss sie die Arme in die Höhe und lief quer über den Parkplatz. Das Taxi hielt. Im Eiltempo lief sie um das Fahrzeug herum. Wenn sie Glück hatte, hatte Ulf ihr Verschwinden noch gar nicht bemerkt. Und wenn sie noch mehr Glück hatte, nahm er ihr nicht übel, dass sie sich einfach davongemacht hatte.

Das Fax kam von der Polizeidienststelle Meschede. Eine Leiche. Gefunden von einem Jogger, der am Ufer des Hennesees entlanggelaufen war. Polizeihauptkommissar Krüger betrachtete das Bild, das vor ihm lag. Eine junge Frau. Um die dreißig, schätzte er. Sofort kam ihm etwas in den Sinn. Da hatte vor zwei Tagen jemand eine Vermisstenanzeige aufgeben wollen. Eine junge Frau, die ihre Schwester suchte.

Und die er ziemlich barsch darauf hingewiesen hatte, was er davon hielt, hier eine Vermisstenanzeige aufzugeben, wenn die Frau in Hamburg verschwunden war. *Wenn* sie denn überhaupt verschwunden war. Krüger durchfuhr es wie ein heißer Strom, als er an seine Worte dachte. Hatte er nicht sogar scherzhaft angedeutet, auf dem Rothaarsteig gebe es zwar die Skulptur vom „Toten Mann", aber nicht unbedingt das weibliche Gegenstück?

„Alle zusammenkommen!", brüllte Krüger nervös durch die Wache. „Eine Leiche im Hennesee. Eine junge Frau!"

Ihm entging nicht, dass Ulf Schulte schlagartig erbleichte. Doch er hatte keine Gelegenheit, länger darüber nachzudenken.

Dörte packte ihre Sachen. Sie hatte genug vom Sauerland. Was sie hier tat, war unsinnig und irrational. Sie hatte keine Chance, auf Astrids Spur zu kommen, wenn sie weiter irgendwelche Wanderwege entlangstolperte. Sie musste die Sache strategisch angehen – und das bedeutete: Zurück nach Hamburg! Als plötzlich das Handy in ihrer Handtasche klingelte, durchfuhr es sie. Immer noch rechnete sie immer und jederzeit damit, dass es Astrid sein konnte, die sich da meldete. Hektisch kramte sie nach dem Gerät und klappte es auf.

„Ja?"

„Ich bin es, Thorsten."

„Thorsten!" Eine Welle der Enttäuschung.

„Vielleicht wunderst du dich, dass ich anrufe, aber – ich mache mir Sorgen um Astrid. Ich erreiche sie nicht."

„Das geht nicht nur dir so."

„Hast du eine Ahnung, wo sie ist?"

„Nein, leider nicht."

Eine Pause folgte. Dörte versuchte, sich Thorstens Bild ins Gedächtnis zu rufen. Sein welliges Haar, seine Grübchen, seinen Gang.

„Meinst du, wir sollten die Polizei einschalten?"

„Ich habe es vergeblich versucht, allerdings nicht in Hamburg, sondern im Sauerland."

„Im Sauerland?" Thorsten klang verdutzt.

„Ja, da bin ich immer noch – das ist eine lange Geschichte. Aber ich reise heute zurück. Dann werde ich mich sofort darum kümmern."

Dörte hörte Thorsten atmen.

„Verdammter Mist!", sagte er schließlich. „Das dauert zu lange. Ich mache das jetzt sofort. Ich gehe zur Polizei – und ich werde denen da die Hölle heißmachen."

Dörte zögerte einen Augenblick.

„In Ordnung!", sagte sie dann. „Wir hören voneinander!"

„Okay!"

Als sie das Klicken in der Leitung gehört hatte, klappte Dörte ihr Handy zu und ließ sich aufs Bett fallen. Sie konnte nicht weinen. Sie konnte einfach nur daliegen und nichts denken. Nur daliegen. Sonst nichts.

Ein Klopfen schreckte Dörte irgendwann hoch. Verwirrt blickte sie auf die Uhr. Zehn Minuten musste sie auf dem Bett gelegen haben, länger nicht. Als sie die Tür öffnete, durchflutete es sie kalt. Ulf. Natürlich, er fühlte sich abserviert. Er wollte ihr den Marsch blasen. Kein Wunder eigentlich. Seine Miene sprach Bände.

„Kommst du mal mit auf die Wache?", fragte er wider Erwarten.

Dörte stutzte.

„Ich glaube, wir haben deine Schwester gefunden."

„Ihr habt sie gefunden?"

„Ich fürchte, ja." Ulf kam einen Schritt auf sie zu. „Es tut mir so leid! Sie ist – "

Weiter kam er nicht. Im selben Moment brach Dörte vor seinen Augen zusammen.

„Hier ist was reingekommen.“ Krüger fuhr hoch. Vor ihm stand der junge Droste mit einem Notizzettel in den Händen. Der wievielte Notizzettel war das inzwischen? Tausend nutzlose Anrufe. Irgendwelche an den Haaren herbeigezogenen Verdächtigungen. Nur leider nichts Konkretes. Dabei hätte man das dringend gebraucht.

Die Briloner Polizei sollte der Mordkommission in Meschede zuarbeiten. Krüger hatte eben selbst an der ersten Besprechung teilgenommen. Jetzt ging es darum, Hinweise aus der Bevölkerung auszuwerten.

„Jemand glaubt die Frau mit einem Mann gesehen zu haben.“

„Mit einem Mann?“ Krüger war hellwach.

„Am Freitagnachmittag. In einem Waldstück bei Alme. Die beiden haben wohl einen Spaziergang gemacht.“

„Wie sicher ist der Anrufer, dass es sich wirklich um die Tote handelt?“

„Ich hab keine Prozentzahl. Aber er klang sehr vernünftig. Angeblich hat er die beiden nach dem Weg gefragt.“

„Ist das die Nummer?“ Krüger riss dem jungen Kollegen den Zettel aus der Hand. „Ruf ihn noch mal an! Er soll herkommen. Vielleicht ist das ja was. Er soll herkommen, und zwar so schnell, wie es geht.“

Wäre Luisa einigermaßen bei sich gewesen, hätte sie das Geräusch des herannahenden Treckers eher bemerkt. So aber fuhr sie zusammen, als das monströse Gefährt plötzlich neben ihr stehenblieb. Allein die Räder waren größer als sie selbst.

Luisas Blick wanderte zum Führerhaus. Helmut. Natürlich. Der hatte ihr gerade noch gefehlt. Der Bauer stellte ihr seit zwei Jahren unentwegt nach. Im Sommer hatte er sie sogar überreden wollen, mit ihm Schützenkönigin zu werden. Helmut rief etwas von seinem Sitz herunter, was Luisa natürlich nicht verstehen konnte. Verdammt, sie hätte gar nicht hinausgehen sollen. Nicht in ihrem Zustand. Verheulte Augen konnte man nicht so einfach wegschminken. Aber schließlich hatte sie mal vor die Tür gemusst. Ein paar Sachen einkaufen. Kochen musste sie ja immerhin. Allein der Kinder wegen.

Endlich hatte Helmut den Trecker ausgemacht. Und er kam sogar zu ihr herunter auf den Bürgersteig. Machte ja nichts, dass er hemmungslos die Fahrspur blockierte!

„Hallo, Luisa!“ Er guckte schon wieder so traurig. Wenn er eins konnte, dann war es traurig gucken.

„Ich wollte nur fragen: Stimmt es, was die Leute sagen?“

Luisa strich sich nervös durchs Haar. „Was sagen denn die Leute?“ Sie versuchte undurchdringlich auszusehen.

„Na, dass du weggehen willst von hier.“

Luisa atmete durch. Sie hatte an Schlimmeres gedacht.

„Ich weiß noch nicht, Helmut.“

Helmut kratzte sich unter seinem Hut. Helmut trug fast immer einen Hut. Einen hellbraunen Cordhut. Wahrscheinlich ging er damit auch ins Bett.

„Das ist nicht dein Ernst, oder? Ich meine, wie kommst du denn überhaupt darauf? Du gehörst doch hierher!“

„Helmut, das ist jetzt nicht die Gelegenheit, länger darüber zu sprechen.“ Unwillig steckte Luisa die Hände in ihre Taschen.

„Ja, wahrscheinlich“, Helmut schabte mit seinen Arbeitsschuhen ein paar Steinchen zur Seite. „Aber hast du mir jemals die Gelegenheit gegeben, in Ruhe mit dir zu sprechen?“ Helmut guckte sie noch einen Moment an, dann drehte er sich um und riss die Tür zu seinem Traktor auf. Als er den Motor anließ, klang das noch lauter als sonst.

Als Pastor Christian Weidner am Freitagmorgen die Zeitung aufschlug, wusste er, dass er erledigt war. Das Phantombild, das dort zu sehen war, der Zeuge, der im Mordfall Astrid Berger gesucht wurde – das war er selbst. Christian biss sich in die Faust. Er hätte gestern zur Polizei gehen sollen, anstatt sich in seinen vier Wänden zu verschanzen. Er hätte, nachdem er das Bild der Ermordeten in der Zeitung gesehen hatte, von seiner Bekanntschaft zu Astrid erzählen sollen. Aber er war sich eben nicht sicher gewesen, ob die Sache tatsächlich mit Diskretion behandelt werden würde, und außerdem – außerdem hatte er sich einfach nicht in der Lage gefühlt. Er war am Ende. Schlichtweg am Ende.

Als das Telefon klingelte, zuckte er zusammen. Die Polizei womöglich – oder noch schlimmer: das Generalvikariat. Christian rieb sein Handgelenk, als könne er dadurch das Telefon zum Stillstand bringen. Nach zwanzigmaligem Klingeln hielt er es dann einfach nicht mehr aus. Er stürzte hinüber zum Schreibtisch und riss mit voller Wucht den Stecker aus der Buchse.

„Astrid ist tot", Dörtes Worte gingen in einem Schluchzen unter, „sie wurde ermordet. Erstochen – Thorsten – stell dir das vor!" Als sie sich etwas beruhigt hatte, war immer noch Stille am anderen Ende der Leitung.

„Thorsten?", fragte sie deshalb zaghaft in den Hörer.

„Ich bin noch dran." Seine Stimme klang wie versteinert.

„Du bist immer noch im Sauerland?", fragte er dann.

„Ja", Dörte kämpfte weiter gegen das Schluchzen an. „Sie lag im Wasser. Es gibt hier einen Stausee. Ein Jogger hat sie gefunden."

„Weiß man schon – ich meine – weiß man, wer das getan hat?"

„Nicht, dass ich wüsste", Dörte schluckte, „und ich habe inzwischen einen ganz guten Draht zur Polizei."

„Dann habe ich vielleicht einen wichtigen Hinweis", Thorstens Stimme klang jetzt gepresst. „Astrid hat mir von einem Mann erzählt. Einem Mann, den sie kennengelernt hat, als sie mal im Sauerland ein Seminar belegt hat."

„Weißt du den Namen?"

„Christian Weidner!" Thorsten sagte das, als habe er ihn als Lieblingsfeind über dem Bett hängen. „Und noch eins ist wichtig: Christian Weidner ist katholischer Priester."

Als die Türschelle zu einem Dauerklingeln anhob, konnte Christian sich nicht länger wehren. Er musste sich der Sache stellen – wie immer das auch ausging.

Vor der Tür standen drei Polizisten, ein älterer und zwei junge. Die drei musterten ihn unverhohlen. Dann ergriff der ältere die Initiative.

„Krüger mein Name", schnurrte er, „Polizeihauptwache Brilon. Das sind die Kollegen Schulte und Voss. Wir sind im Rahmen einer Mordermittlung hier." Der Typ hielt einen Ausweis hoch, so kurz allerdings, dass es sich auch um eine Büchereikarte gehandelt haben konnte.

„Herr Weidner, wenn ich mich nicht täusche."

„Jaja", Christian erschrak über seine heisere Stimme. „Kommen Sie ruhig rein."

Er führte die drei Beamten in sein Besprechungszimmer und bot ihnen dort einen Stuhl an.

„Wie Sie vielleicht wissen, ist in der Gegend ein Mordfall passiert", dieser Krüger kam sofort zur Sache. „Eine junge Frau mit Wohnort in Hamburg wurde tot aus dem Hennesee gefischt." Der Polizist machte eine rhetorische Pause. „Haben Sie davon gehört?"

„Natürlich, ja." Christian räusperte sich. „Um genau zu sein, weiß ich auch, warum Sie hier sind. Ich habe dieses Bild gesehen, heute in der Zeitung. Das ist – das sieht – "

„Das sieht Ihnen verdammt ähnlich." Dieser Krüger starrte ihn an. „Herr Weidner, haben Sie diese Frau gekannt?"

„Ich – wie soll ich sagen – " Christian wand sich. „Sie können sich vorstellen, dass ich in meiner Stellung – mit meinem Beruf, meine ich – "

„Wir wissen, dass Sie Priester sind", fuhr dieser Krüger ihn an, „und es interessiert uns moralisch einen feuchten Kehricht, wie Sie das handhaben. Hier geht es um Mord, Herr Weidner, und gleich zwei Zeugen haben aufgrund des Fahndungsbildes bei uns angerufen und auf Sie verwiesen, und wenn ich Sie ansehe, weiß ich genau, warum. Es sieht ganz so aus, als seien Sie mit dieser Frau unterwegs gewesen – katholischer Priester hin oder her. Und wenn Sie nicht ganz schnell zu dieser Sachlage etwas sagen, dann haben Sie ein weitaus größeres Problem als das mit Ihrem Zölibat."

Christian sackte zusammen. „Ja, ich habe die Frau gekannt", sagte er schließlich leise.

„Woher?" Krüger ließ ihm keine Sekunde Zeit.

„Von einem Seminar, das ich vor ein paar Wochen mitgemacht habe – in der Abtei Königsmünster in Meschede."

„Bei den Benediktinern?", grunzte Krüger mit Falten auf der Stirn.

„Ja", Christian schluckte. „Astrid, also Frau Berger, hat auch an dem Seminar teilgenommen." Christian zögerte.

„Und dabei haben Sie sich näher kennengelernt?"

„Ja. Nein – jedenfalls nicht, wie Sie meinen. Wir haben unsere Adressen ausgetauscht. Und dann haben wir mehrfach miteinander telefoniert."

„Und dann ist Frau Berger hierhergekommen, um Sie zu besuchen?"

„Nein, nein", beeilte sich Christian zu sagen, „jedenfalls nicht direkt. Sie hatte einen Wanderurlaub geplant. Sie wollte den Rothaarsteig erwandern, jedenfalls einen Teil davon. Und bei der Gelegenheit haben wir uns dann getroffen."

„Wann war das?"

Christian schreckte hoch. Offensichtlich konnten die anderen Polizeibeamten auch sprechen. Es war der kleinere, der sich da zu Wort gemeldet hatte. Voss.

„Das war am Freitag. Am Freitagnachmittag um 15 Uhr.“

„Wo sind Sie gewesen?“

„In Alme – diese kleine Ortschaft, wo auch das Schloss – “

„Wir kennen uns aus“, unterbrach der Alte unfreundlich. „Sie sind also spazierengegangen. Sind Sie sich dabei nähergekommen?“

„Wie meinen Sie das? Wir haben uns unterhalten, natürlich, und wir – “

„Sie wissen schon, wie ich das meine. Worüber haben Sie sich unterhalten? Über das Wetter? Über die schöne Klosteranlage in Meschede? Über sich selbst? Oder sind Sie vielleicht zum Sprechen gar nicht so richtig gekommen?“

„Haben Sie Frau Berger geküsst?“ Christian fuhr herum. Die letzte Frage war von dem dritten Polizisten gekommen. Ein blonder gutaussehender Typ mit stechendem Blick.

„Das ist – warum – “, Christian war der Verzweiflung nahe. „Ist das wichtig, ich meine – “

„Himmelherrgott, die Frau ist tot!“, brüllte der Alte jetzt. „Und unter Umständen haben Sie sie zuletzt gesehen!“

Der Polizist ließ seine Worte nachwirken.

„Ich – wir – ja, wir sind uns nähergekommen, obwohl wir beide wussten – “

„Obwohl Sie *was* wussten?“ Dieser jüngere Polizist, der als letzter seinen Mund aufgemacht hatte, schien seine Frage auszukosten. „Dass nicht sein kann, was nicht sein darf?“

Christian rieb sich die Stirn. Als er schließlich anfing zu sprechen, war seine Stimme ganz ruhig. „Bei unserem Aufenthalt in Meschede habe ich mich in Astrid verliebt. Obwohl ich wusste, dass das nicht sein darf.“ Christian warf einen Seitenblick auf den blonden Polizisten.

„Die Telefongespräche zwischen uns waren sehr intensiv, und endlich, endlich schien es eine Möglichkeit zu geben, uns wiederzusehen. Astrid wollte herkommen – natürlich nicht zu mir direkt, sondern nach Brilon. Das schien mir von Rüthen ein ausreichender Sicherheitsabstand zu sein."

„Wenn es darum ging, die Sache zu vertuschen." Die Stimme des blonden Polizisten knarrte geradezu.

Christian versuchte ruhig zu bleiben. „Nach dem Spaziergang, so gegen 18 Uhr, habe ich Astrid zu ihrer Unterkunft gebracht. Sie hatte eine Ferienwohnung auf dem Campingplatz Brilon."

„Auf dem Campingplatz?" Im Kopf des Alten schien es zu rattern. Offenbar hatte ihm diese Information noch gefehlt.

„Ja, sie hat in dem Ferienhäuschen eines Patienten gewohnt."

Polizeihauptkommissar Krüger guckte irritiert. „Eines Patienten?"

„Astrid ist Krankenschwester, das wissen Sie sicher", Christian schluckte schwer, „Astrid *war* Krankenschwester. In Hamburg, am Bernhard-Nocht-Institut für Tropenmedizin. Da hat sie vor zwei, drei Wochen einen Patienten kennengelernt, um den sie sich sehr bemüht hat. Sie sind übers Reisen ins Gespräch gekommen, und er hat von seinem Ferienbungalow im Sauerland erzählt, den er sich vor einer Weile gekauft hat."

„Als Gegenprogramm zum Tropenerlebnis?", schnodderte Krüger. Christian überhörte die Bemerkung.

„Jedenfalls hat er ihr angeboten, dort ein paar Tage zu verbringen. Aus Dankbarkeit vermutlich. Das hat Astrid gerne wahrgenommen."

„Weil sie wusste, dass sie damit ganz in Ihrer Nähe war", schlussfolgerte Krüger.

„Wahrscheinlich", Christian räusperte sich. „Sie hatte von Donnerstag bis Samstag Urlaub. Am Mittwochabend ist sie angereist. Wir konnten uns aber erst am Freitag sehen, weil ich mit einer Katechetengruppe auf Exerzitien war. Astrid ist dann am Donnerstag auf dem Rothaarsteig wandern gegangen. Ich wäre gerne mitgegangen, aber ich konnte die Frauen nicht versetzen, nachdem ich -"

„Hochinteressant", unterbrach der blonde Polizist ironisch, „vielleicht kommen wir aber doch noch mal auf den Freitagnachmittag in Alme zurück. Sie haben Astrid Berger zurück nach Brilon gebracht. Und dann?"

„Dann war - nichts." Christian Weidner senkte den Kopf.

„Wie – nichts?"

„Nichts."

„Und das sollen wir Ihnen glauben?" Dieser Schulte stand auf und sah Christian ungläubig an. „Sie in Ihrer persönlichen Situation treffen auf eine bildhübsche junge Frau. Sie machen einen romantischen Spaziergang zusammen. Sie gehen mit der Frau in ein Ferienhaus, wo niemand Sie kennt, wo niemand Sie sieht. Und dann passiert - nichts?" Der Polizist ging provokativ im Zimmer auf und ab. „Sie erzählen uns ein Märchen, nicht wahr?"

„Nein."

„Wie bitte? Ich verstehe Sie so schlecht."

„Nein!" Jetzt brüllte Christian Weidner. „Ich bin gar nicht mit hineingegangen. Ich habe Astrid draußen vor der Schranke hinausgelassen. Um genau zu sein, habe ich im entscheidenden Moment einen Rückzieher gemacht."

„Einen Rückzieher - im entscheidenden Moment? Wie edel von Ihnen!" Der Polizist funkelte ihn an. „Aber dabei ist es nicht geblieben, nicht wahr? Dabei wollten Sie es nicht bewenden lassen. Im Gegenteil. Sie wollten es ihr zeigen! Sie haben sich noch einmal mit ihr verabredet."

„Nein."

„Ich verstehe Sie so schlecht."

„Nein!"

Der Alte schaltete sich jetzt wieder ein. „Das heißt, Sie haben Astrid Berger am Campingplatz abgesetzt und keinen weiteren Kontakt zu ihr gehabt?“

„Ja.“

„Herr Weidner, ich muss Sie bitten, mit auf die Wache zu kommen und Ihre Aussage dort zu Protokoll zu geben.“

„Jetzt sofort?“ Der Pastor fuhr sich durchs Haar.

„Ja. Und vielleicht haben Sie ja auch noch eine Speichelprobe für uns?“

Als Christian mit den Polizisten nach draußen trat, sah er einen Schatten am Fenster gegenüber. Er konnte nicht erkennen, ob es Luisa oder ihre Schwiegermutter war, die beobachtete, wie er in den Polizeiwagen stieg.

„Hast du das gesehen?“ Helmut fuchtelte direkt vor Luisas Nase mit der Zeitung herum. Sein Gesicht war rot vor Erregung. „Hier ist dein verehrter Herr Pfarrer. Er wurde mit einer Frau gesehen – unmittelbar bevor die Dame umgebracht wurde.“

Luisa drohte ohnmächtig zu werden. Jetzt nicht auch das noch! Jetzt nicht auch noch mit Helmut darüber sprechen müssen! Nicht über Christian! Nicht über diese andere Frau in Christians Leben. Sie atmete tief ein.

„Was habe ich damit zu tun?“ Wenig selbstsicher stemmte Luisa die Arme in die Hüften.

„Ach, erzähl mir doch nichts!“ Helmut pfefferte die Zeitung auf Luisas Esstisch. Sie hätte ihn gar nicht hereinlassen sollen!

„Meinst du, ich habe nicht gemerkt, wie du ihn angehimmelt hast? Und jetzt hast du bemerkt, dass du keine Schnitte hast, und deshalb ziehst du hier weg!“

Luisa hielt die Luft an. Fehlte nur noch, dass ihre Schwiegermutter hereinschneite.

„Ja, das kann er, der Pastor, den Damen schöne Augen machen. Hier ein Scherz und da eine charmante Bemerkung. Weiß er überhaupt, was er damit anrichtet?“

Luisa stiegen die Tränen in die Augen. Sie senkte den

Blick. Helmut fasste sie mit der Hand am Oberarm. Seine Stimme hatte sich plötzlich gewandelt. „Das hast du nicht nötig, Luisa. Nicht du! Sich auf etwas einzulassen, was keinerlei Aussichten hat. Dieser Weidner hat dich überhaupt nicht verdient. Außerdem siehst du doch, was bei so was herauskommt: Diese Frau, mit der er zusammen gesehen worden ist, die ist tot."

Plötzlich gab es kein Halten mehr. Luisa konnte ihr Schluchzen nicht länger unterdrücken. Und es war ihr egal, dass Helmut die Gelegenheit nutzte, um sie an sich zu drücken. Im Grunde genommen war ihr alles egal. Sogar als sie die Stimme ihrer Schwiegermutter hörte. „So sieht das aus", hörte sie sie sagen. „Das hätte ich mir gleich denken können, dass du dem Andreas untreu werden willst."

Seine Idee, sich an diesem Mescheder Kloster zu treffen, war eine gute gewesen. Dörte musste mal raus. Raus aus der Pension. Raus aus Brilon. Sie hätte nach Bremen gemusst, um alles zu regeln, oder noch besser: nach Hamburg, aber das wollte sie nicht. Sie wollte hierbleiben, bis die Sache ausgestanden war. Solange Astrids Tod nicht geklärt war, war ihre Schwester in ihren Augen gar nicht tot.

„Hier haben wir mal zusammengesessen", sagte der junge Mann neben ihr in ruhigem Ton. Sie hatten sich in eine Art Laube zurückgezogen, umgeben von einer hohen Hecke – ein verwunschenes Plätzchen im Klostergarten. Vor ihnen lag ein Lavendelbeet. Darin stand ein messingfarbener Engel in dem modernen Stil, der das Kloster auszeichnete.

„Ich glaub das alles nicht." Der Priester beugte sich vor und verbarg sein Gesicht in den Händen. Dörte hatte mit Tränen zu kämpfen. Trotzdem wandte sie ihren Blick nicht von Christian Weidner ab. Ein schlanker, großgewachsener Mann. Glattes, blondes Haar, ein weiches Gesicht, feingliedrige Hände. Warum war dieser Mann Priester geworden? Warum durfte er deshalb nicht mit einer Frau zusammensein? Dörte war das alles so fremd. Dieser ganze sauerländisch-katholische Kram war ihr fremd. Ob Astrid diesen Weidner geliebt hatte? Ob er Astrid geliebt hatte? Dörte starrte ihn weiter an. Sie hatte ihn sehen wollen. Den Mann, um dessen Willen ihre Schwester aufgebrochen war. Der Mann, der womöglich ... Nein, das wohl nicht. Das traute Dörte ihm einfach nicht zu.

Auf jeden Fall war ihr jetzt klar, warum Astrid nicht von ihrem Kurzurlaub erzählt hatte. Sie hatte nicht diskutieren wollen, ob es sinnvoll war, sich mit einem katholischen Priester zu treffen. Erstaunlich genug, dass sie es Thorsten erzählt hatte. Nun, vielleicht war es eine Möglichkeit gewesen, sich ihren alten Liebhaber vom Hals zu halten.

Plötzlich unterbrach ein Geräusch die Ruhe des Samstagvormittags. Ein Trecker fuhr in einiger Entfernung den Weg entlang – auf dem Sitz einer der Mönche, den Astrid eben noch im schwarzen Ornat gesehen hatte.

„Ich frage mich immer, was passiert wäre, wenn ich mich ein weiteres Mal mit Astrid verabredet hätte ..." Weidner konnte seinen Satz nicht zu Ende bringen. Ein Handy summte in seiner Jackentasche.

„Weidner?", sprach er schließlich heiser in sein Telefon. Dann sagte er lange nichts. „In Ordnung", schloss er irgendwann das Gespräch, „ich bin in einer Stunde da."

Eine Weile starrte er das Handy stumm an.

„Ich muss noch mal zur Polizei", erklärte er dann leise. „Jemand hat Astrid am Freitag letzter Woche in einer Disko in Willingen gesehen – zusammen mit einem jungen Mann. Ich soll an einer Gegenüberstellung teilnehmen."

„In Brilon?"

Christian Weidner nickte. Dann stand er wortlos auf.

Als Dörte Christian Weidner aus dem Polizeigebäude treten sah, ging sie einen Schritt zur Seite hinter einen Baum. Der Priester sah müde aus, traurig. Aber immerhin – er kam wieder heraus. Dörte wartete ein paar Minuten, in denen weitere Personen das Gebäude verließen. Dann ging sie hinein.

Drinnen war Krüger sofort zur Stelle. Seit dem Auffinden von Astrids Leiche war er mehr als zuvorkommend ihr gegenüber.

„Sie möchten sicher wissen, ob es etwas Neues gibt", sagte er, während er sie in sein Büro lenkte. „Allerdings müssen Sie verstehen, dass wir während der laufenden Ermittlungen keine Informationen herausgeben dürfen."

„Das heißt, Sie dürfen mir nicht sagen, dass meine Schwester am vergangenen Freitag in einer Disko gesehen worden ist?"

Krüger schaute irritiert.

„Ich hatte Kontakt zu Pastor Weidner", sagte Dörte schließlich. „Sie können es sich vielleicht nicht vorstellen, aber ich interessiere mich dafür, wer meine Schwester umgebracht hat."

Krüger sah Dörte eine Weile einfach nur an. Dann seufzte er.

„Wissen Sie, ich bin nur ein ganz kleines Licht bei diesen Ermittlungen. Da können Sie nicht von mir verlangen –", dann lehnte er sich plötzlich resigniert zurück, „aber irgendwie bin ich Ihnen schon etwas schuldig. Und Sie haben recht. Zwei Zeugen haben Ihre Schwester am Freitagabend vergangener Woche im *Lift* gesehen. Das ist eine Disko in Willingen. Angeblich war sie dort zusammen mit einem jungen Mann. Ungefähr im Alter Ihrer Schwester, blond, groß."

Dörte schauderte. Die Beschreibung passte auf Weidner.

„Leider hat eine Gegenüberstellung, die wir arrangiert haben, kein positives Ergebnis gebracht. Aber aufgrund der DNA-Analyse sind wir bestimmt in der Lage – "

„DNA-Analyse?", Dörte wurde aufmerksam. „Haben Sie denn bei Astrid etwas gefunden, das ... "

Krüger blickte sie ernst an. „Ihre Schwester hat kurz vor ihrem Tod Geschlechtsverkehr gehabt.“

Dörte wurde von einem Schwindel erfasst. „Das heißt, sie wurde vergewaltigt?“

„Wir können es bislang nicht mit Sicherheit sagen, da das Wasser mögliche Spuren unter den Fingernägeln – “

Dörte hörte nicht mehr zu. In ihren Ohren rauschte es.

„Glauben Sie mir, die neuen Hinweise werden derzeit mit Feuereifer bearbeitet“, hörte sie Krüger in weiter Ferne reden, „mithilfe neuer Datensuchsysteme sind wir heute in der Lage ...“

In einer Art Dämmerzustand sah Dörte plötzlich, wie Astrid damals das Fahrradfahren gelernt hatte. Auf einem viel zu großen Fahrrad. Wie sie damit vor die Garage gerauscht war. Wie sie geweint hatte danach. Astrid konnte schluchzen wie aus Eimern. Hatte sie so auch geweint, während sie vergewaltigt worden war? Von diesem blonden Ungeheuer, das sich über sie hergemacht hatte? Dörte stutzte plötzlich. Astrid stand auf blonde Männer. Auch Thorsten war blond gewesen, und Stefan, der Mann, mit dem sie vorher zusammengewesen war. Hatte Astrid den Kerl in der Disko kennengelernt – oder schon vorher? Hatte er ihre Offenheit ausgenutzt? Sie hatten vielleicht vorher zusammen getanzt. In dieser Disko in Willingen -

„Ist Ulf Schulte im Haus?“, fragte Luisa plötzlich in Krügers Redefluss hinein.

„Ulf Schulte?“ Krüger kratzte sich am Kopf. „Der war heute Morgen kurz hier. Hat sich aber abgemeldet wegen starker Kopfschmerzen.“

„Kopfschmerzen?“, wiederholte Dörte und hatte plötzlich seine Gestalt vor Augen. Seine Stirn, seine Hände, sein Haar. Sie hörte ihn reden. Sie hörte, wie er sagte: „Es tut mir so leid.“

„Ja, gegen elf ist er gegangen.“

„Verstehe!“ Dörte stand auf. „Gegen elf Uhr.“ Der Anruf

für Weidner war um kurz nach zehn gekommen. Es sprach einiges dafür, dass Ulf Schulte die Gegenüberstellung nicht hatte mitbekommen wollen. Dörte ging so schnell nach draußen, dass sie kaum mehr Krügers Abschiedsfloskel hörte.

„Sie wollen zu Ulf?“ Dörte fuhr herum. In der Einfahrt zum Haus stand eine Frau, vielleicht zehn Jahre älter als sie.

„Ja, ich hab schon geklingelt.“

„Da können Sie klingeln, wie Sie wollen. Ulf ist nicht da. Er ist im Wald und macht Holz.“

„Im Wald.“ Dörte wollte gar nicht darüber nachdenken, wie das mit seinen Kopfschmerzen in Einklang zu bringen war.

„Wir haben ja oben ein Stückchen geerbt, Ulf und ich. Ein Stück Wald, meine ich. Oben in Berlar.“

„In Berlar?“

„Sie sind nicht von hier, woll?“

„Nein.“

„Sie sind die aus dem Norden!“ Die Frau zeigte auf Dörtes Auto.

Dörte antwortete nicht.

„Ulf macht jedenfalls Holz“, sagte schließlich die Frau und wandte sich zum Gehen. Dann drehte sie sich noch einmal um. „Ich bin seine Schwester. Ich wohne gleich nebenan.“

Berlar lag am Ende der Welt. Ein kleines Dorf. Nicht mehr als ein paar Häuser entlang einer kurvigen Straße. Dörte fuhr einmal den Berg hinauf bis zum Ortsausgang und dann wieder zurück. Auf dem Rückweg sah sie ein paar Kinder in Gummistiefeln vor einem Haus stehen. Dörte fuhr langsamer und hielt schließlich an.

„Hallo ihr“, rief Dörte der Bande zu. Die Kinder schienen sich sichtlich zu langweilen.

„Ich suche jemanden, der hier in der Gegend Holz macht. Ein junger Mann. Habt ihr eine Ahnung, wo er stecken könnte?"

„Mit so einem schwarzen Auto?", fragte ein Mädchen, während es eifrig an seiner Nase herumknibbelte.

„Ein schwarzes Auto, genau."

„Der ist nach oben gefahren", gab das Mädchen Auskunft. „Der hat bestimmt an der Ponywiese geparkt."

„An der Ponywiese?"

„Oben auf dem Kopf", erklärte ein Älterer. „Einfach immer geradeaus."

„Vielen Dank", rief Dörte, als sie schon ins Auto stieg. „Ihr habt mir sehr geholfen!" Die Kleine knibbelte immer noch an ihrer Nase herum.

Ulf arbeitete im T-Shirt. Er trug weder einen Kopfschutz noch Ohrenschützer. Sein Oberteil war durchgeschwitzt. Er schien sich abreagieren zu müssen.

Als der Baum fiel, wunderte Dörte sich. Er war nicht allzu mächtig gewesen, ein dünner Stamm. Trotzdem hatte es etwas Archaisches, als er durch das Astwerk der Nachbarbäume hindurch auf den Boden krachte. Ulf stellte die Motorsäge ab. Instinktiv ging Dörte einen Schritt zurück. Sie trat auf einen Ast, der knackend nachgab.

Sofort drehte Ulf sich um. Er schien einen Moment zu brauchen, um sie aus der Entfernung erkennen zu können. Dann legte er die Motorsäge ab und kam auf sie zu. Dörte begann zu schwitzen. Es war nicht richtig, was sie hier tat. Sie hätte besser zur Polizei gehen sollen. Zu Krüger.

„Dörte!" Ulfs Gesicht war rot und verschwitzt. „Wie kommst du denn hierher?"

„Ich war bei dir zu Hause. Deine Schwester hat mir gesagt, wo du bist. Hier im Wald brauchte ich nur dem Geräusch der Motorsäge zu folgen."

Ulf runzelte die Stirn. „Du hast mich also gesucht."

„Krüger sagte, du hättest dich krankgemeldet."

Ulfs Gesicht verschloss sich. „Und da wolltest du schauen, ob das stimmt."

„Ich wollte mit dir sprechen. Und ich möchte wissen, warum deine Schwester fragt, ob ich die aus dem Norden bin."

Ulf schien einen Moment zu brauchen, um das Gehörte zu verarbeiten.

„Ich hab ihr das erzählt", sagte er dann. „Ich hab ihr erzählt, dass du bei mir übernachtet hast."

Einen Moment lang dachte Dörte, dass doch alles gut war. Dass sie Gespenster gesehen hatte. Dann sah sie das Flackern in Ulfs Augen. Das Flackern, das ihr schon vorher einmal aufgefallen war.

„Du hast Astrid gekannt, nicht wahr?"

Ulf antwortete nicht. Er starrte sie einfach nur an.

„Du warst mit ihr in der Disko. Du bist der blonde Typ, mit dem sie im *Lift* gesehen worden ist. Ist es nicht so?"

Ulf sagte immer noch nichts. Er kaute lediglich auf seiner Unterlippe herum.

„Ulf, jetzt sag mir, was passiert ist!"

„Nichts ist passiert."

„Dann tu mir einen Gefallen und gib eine DNA-Probe ab!"

„Bist du verrückt? Ich bin Polizist."

„Und wenn ich dich darum bitte?"

„Dörte, es ist anders, als du denkst. Mit Astrid ..."

„Das heißt, du hast sie wirklich getroffen?"

„Ja, in der Disko." Ulf verschränkte die Arme vor der Brust. „Und ich kann dir sagen. Sie war völlig aus dem Häuschen. Sie hat mich angemacht. Aber frag nicht, wie."

„Sie hat dich angemacht?" Dörtes Stimme war schrill. „Warum sagst du das so?"

„Weil es so war! Wir sind rausgegangen zusammen. Ein bisschen rumgelaufen. Astrid hat mich praktisch in einen Feldweg gezogen ... Himmelherrgott, Dörte, warum willst du das so genau wissen?"

„Weil du sie umgebracht hast!" Dörte konnte sich keine Sekunde länger zurückhalten. Sie ging auf Ulf los. „Weil du meine Schwester umgebracht hast! Wahrscheinlich hast du sie in den Feldweg gezogen. Weil sie nicht wollte, hab ich nicht recht? Hat sie Nein gesagt? Hat sie nach Hause gewollt?" Dörte trommelte mit ihren Fäusten auf den Polizisten ein.

„Verdammt, was bildet ihr euch eigentlich ein?" Mit einem Griff hielt Ulf Dörtes Handgelenke fest. „Astrid hat mir von diesem Kerl erzählt, von diesem Priester." Ulf kochte. Er spuckte beinahe beim Sprechen. „Warum erzählt sie mir das, wenn sie mich damit nicht heißmachen will? Von ihrem Priester hat sie's nicht bekommen. Deshalb wollte sie's von mir. Dachte ich jedenfalls. Aber dann hat sie plötzlich auf unschuldiges Mädchen gemacht. So was kann ich nicht ab. Erst anmachen, und dann ist es plötzlich vorbei."

Dörte versuchte ihre Arme loszureißen, aber sie konnte nicht los. Daher fing sie an zu treten. Ulf ließ plötzlich mit einer Hand los, aber nur um sie herumzureißen und sie von hinten zu umschließen.

„Lass mich in Ruhe!" Dörte versuchte sich hin- und herzuwerfen, aber Ulf war stark. Er war verdammt stark, und er presste sie an seinen Körper.

„Brauchst du es so? Du kannst es gerne haben, wenn du es so willst. Genau wie deine Schwester."

„Was hast du mit ihr gemacht?" Dörte versuchte seine Arme wegzudrücken.

„Sie wollte mich in die Pfanne hauen, das verdammte Luder. Sie wollte mich anzeigen. Mich. Einen Polizisten. Wegen Vergewaltigung. Und womöglich wär sie durchgekommen mit dieser Nummer. Die Presse hätte sich auf mich gestürzt. Ich wäre unten durchgewesen hier in der Gegend."

„Und deshalb hast du sie umgebracht?“ Dörte kreischte beinahe. „Deshalb hast du Astrid umgebracht?“

„Ich hab sie nicht umgebracht!“

“Du mieses Schwein! Du Feigling – Lügner – Verbrecher – “

„Bin ich das? Bin ich das wirklich? Und warum hast du dich dann an meine Brust geschmissen? Warum wolltest du bei mir übernachten? Weil ich's dir besorgen sollte. Gib es doch zu!“

Noch fester drückte Ulf Dörte an sich. Sie konnte seine Erregung spüren.

„Nein!“, flüsterte sie. Sie wollte brüllen, aber es ging nicht. Es kam nur ein Flüstern heraus.

„Na, wo ist die große Schwester?“, keuchte Ulf. Dörte wurde schlecht. Ulf nutzte ihre Schwäche und riss sie zu Boden. Dann hörte sie alles nur noch verwaschen. Schritte auf dem Waldboden. Stimmen. Kinderstimmen.

Ulf ließ plötzlich von ihr ab.

„Was macht ihr hier für'n Quatsch?“ Das Mädchen aus dem Dorf starrte Dörte mit großen Augen an. Daneben drei Jungs, die genauso groß schauten. Sie hatten wirklich Langeweile gehabt, dachte Dörte. Zum Glück.

„Jetzt, sagt schon, was mit euch los ist!“

„Ich suche meine Schwester“, flüsterte Dörte.

Das Mädchen zögerte kurz. Dann zeigte sie auf Ulf. „Und er?“

Ulf wartete nicht länger ab. Unwillig drehte er sich weg und ging zu seiner Säge. Nach ein paar Metern wandte er sich doch noch einmal um. „Ich war das nicht!“, rief er und sah Dörte dabei ärgerlich an. „Ich hab sie getroffen, okay. Aber mit dem Mord habe ich rein gar nichts zu tun.“

Luisa strich sich die Haare zurück. Jetzt hatte sie beinahe alles in Kisten. Gleich würde Helmut mit dem Hänger vorbeikommen. Sie würden aufladen – und dann war es vorbei.

Keine Schwiegermutter mehr.
Kein Christian schräg gegenüber.
Ein ganz normales Leben.
Mit einem Mann, der zu einem stand.
Ein Leben mit Helmut.

Erschöpft ließ sie sich auf einen Stuhl fallen. Der Gedanke, in die nächste Falle zu laufen, kam natürlich immer wieder hoch. Helmut war nicht ihr Traummann. Im Grunde war er genau das Gegenteil davon. Aber trotzdem. Er gab ihr den Halt, den sie brauchte. Nach dieser unglücklichen Affäre. Nach dieser unfassbaren Tat ...

Jetzt kamen wieder die Bilder in ihr hoch. Ganz am Anfang war ihr dabei immer übel geworden. Das war jetzt anders. Man gewöhnte sich an ein schlechtes Gewissen. Die Bilder waren immer noch da, aber die Übelkeit nicht. Irgendwann, so glaubte Luisa, würden auch die Bilder verschwinden – und das ging mit Helmut besser als ohne.

Es war eben alles zusammengekommen, an dem Wochenende. Erst der Streit mit Milenas Lehrerin, woraufhin Luisa ihre Tochter am liebsten aus der Klasse genommen hätte. Dann Stress mit ihrer Schwiegermutter Vor allem aber die überwältigende Erkenntnis, dass es ohne Christian nicht ging. Dass er die einzige Chance war, aus diesem Schlamassel herauszukommen.

Mit ihm wegzugehen, weit weg, wo man ihn nicht als Priester kannte, wo sie mit den Kindern ganz neu anfangen konnten, war ihr als einzige gangbare Perspektive erschienen. Und Christian hatte doch auch davon gesprochen! Damals. Er hatte gesagt, er träume sich manchmal in eine ganz andere Welt – wo sie sich einfach lieben konnten, ohne schlechtes Gewissen, ohne Heimlichkeiten, ohne die Angst vor Entdeckung.

Er hatte das gesagt. Er hatte gesagt, dass er oft davon träume. Aber irgendwann hatte sich das gewandelt. Er war plötzlich unsicher geworden, war ihr ausgewichen, hatte

Ausreden gesucht, um sich nicht mit ihr treffen zu müssen. Und schließlich dann hatte er ihre Beziehung beendet. Luisa kamen noch jetzt die Tränen, wenn sie nur daran dachte. Sie hatte sich beinahe weggeheult in dieser Zeit. Eine Weile lang hatte sie sogar an Selbstmord gedacht. Der Arzt hatte gemeint, jetzt käme ja endlich alles raus. Die Trauer über den Tod ihres Mannes. Die Überforderung mit der Situation. Die Schwiegermutter. Ob sie nicht schon mal an einen Neuanfang gedacht hätte? Einen Neuanfang in einer ganz anderen Stadt. Natürlich hatte Luisa daran gedacht. Allerdings nie ohne Christian.

Zur Lösung des Problems hatte sie dann Medikamente genommen – und weiter gehofft.

Dann war das Wochenende gekommen. Ein besonderes Wochenende, denn Lars und Milena waren bei ihrer Tante eingeladen, ihre Schwiegermutter zur Diabetes-Einstellung in der Klinik. Sie hatte sturmfreie Bude. Und nur einen Gedanken im Kopf: All diese Zeit, all diese Freiheit konnte nur einen Sinn haben: sich mit Christian zu treffen. Sich auszusöhnen. Die Fühler in die Zukunft zu strecken.

Ihre Sehnsucht war so groß gewesen! Die Angst vor einer Absage aber noch größer ...

Als die Kinder am Freitagmittag endlich aus dem Haus gewesen waren, hatte sie es trotzdem gewagt – und eine Abfuhr erhalten. Er könne das nicht, er wolle das nicht und ganz nebenbei habe er überhaupt keine Zeit. Eine alte Bekannte habe sich angekündigt. Es tue ihm leid. Sofort hatte sie zwei Beruhigungstabletten genommen. Vergeblich. Sie hatte keine Minute stillsitzen können. Sie war durchs Haus gegeistert, hatte durchs Fenster geschaut, hatte den Telefonhörer genommen, wieder aufgelegt. Dann plötzlich hatte er das Haus verlassen, war ins Auto gestiegen. Sie konnte nicht anders. Sie musste hinterher.

Er fuhr gar nicht weit. Richtung Alme. Dort war sie auch schon mal mit ihm spazierengegangen. Als er anhielt auf dem Parkplatz am Wald, hatte Luisa schon gewusst, was jetzt kam. Dass es da jemanden gab in Christians Leben. Dass nicht Gott auf sein Recht gepocht hatte, sondern eine Frau.

Sie war zu Fuß gekommen. Eine bildschöne Frau. Blond. Schlank. Jünger als sie.

Christian war ausgestiegen, und sie waren sich in die Arme gefallen, hatten sich geküsst und liebkost. Es hatte ihr beinahe die Brust auseinandergerissen.

Sie hatte im Auto in einiger Entfernung gewartet, und schon da waren diese Gedanken gekommen. Diese Wut, dieser Zorn, dieser Hass. Als sie zurückkamen, war die Frau mit in Christians Auto gestiegen, sie war ihnen mit Abstand gefolgt. Bis nach Brilon. Er hatte sie zu einem Campingplatz gefahren. Luisa kannte ihn gar nicht, er war noch ganz neu. Auf dem Parkplatz war sie ausgestiegen, die Frau, und aufs Gelände gegangen. Christian war sofort weitergefahren, aber sie, Luisa, war einfach sitzengeblieben. Sie hatte keine Kraft mehr gehabt. Das Spiel war vorbei, Christian verloren, alle Hoffnung umsonst.

Schließlich war sie losgefahren, irgendwohin, durch die Gegend. Sie war in Winterberg gewesen, in Marsberg, überall. Sie hatte sich treiben lassen, war einfach den Straßen gefolgt und schließlich am Hennesee gestrandet. Dort hatte sie drei Stunden am Ufer gesessen und beinahe ihrem Leben ein Ende gemacht. Vielleicht war sie einfach zu erschöpft gewesen, um es wirklich zu tun.

Wie in Trance dann wieder ins Auto und diesmal hatte die Straße sie nach Brilon geführt, zum Campingplatz, der gespenstisch leer gewesen war. Sie hatte auf dem Parkplatz im Auto gesessen, zwei Stunden, vielleicht drei, ein Mann mit Hund war vorbeigekommen, sonst niemand. Zwischendurch hatte sie überlegt, zum Ferienhaus zu gehen und die Frau anzusprechen. Dann hatte sie den Gedanken verworfen und einfach weiter dagesessen. Eine Stunde. Zwei.

Aber dann war plötzlich ein Auto gekommen. Ein Auto mit dem Kennzeichen HH.

Kaum hatte der Wagen gehalten, war die Frau auch schon aus dem Auto gestiegen. Sie hatte hektisch gewirkt, den Mantel offen, die Haare zerzaust. Und plötzlich hatte Luisa diese Bilder gesehen, sie hatte gesehen, wie diese Frau Christian küsste, wie sie übereinander hergefallen waren, wie sie einander begehrten. Sie hatte gedacht, dass sie das nie wieder haben würde. Dass diese Frau ihren Platz eingenommen hatte. Dass sie Christian verloren hatte für immer.

Deshalb hatte sie die Tür aufgerissen und war auf die Frau losgestürmt. Sie hatte gerochen. Nach Schweiß. Nach Resten von Deo. Nach Sex.

„Flittchen!", hatte Luisa herausgepresst. „Verschwinde von hier! Und wage dich nicht noch mal an ihn ran!"

Die Frau hatte sie angestarrt, die Augen weit aufgerissen.

„Wer sind Sie?", hatte sie mit bebender Stimme gefragt. „Und woher wissen Sie überhaupt -?"

„Er gehört mir!", hatte Luisa gekreischt. „Merk dir das ein für allemal! Er gehört mir!"

Die Frau hatte sie weiter angestarrt. Ungläubig. Verschwommen. Besorgt. Dann hatte sie ihren Mantel vor sich zusammengepresst.

„Sie sind ja krank!", hatte sie gesagt und war einfach weitergegangen.

Das hatte gereicht. Sie hatte eine Sekunde gestutzt. Dann hatte die Wut sie übermannt. Nicht einfach Wut, sondern unbändiger Zorn. Verletztheit. Hilflosigkeit. Wie im Rausch war sie zu ihrem Auto gestürzt und hatte im Handschuhfach nach dem Schraubenzieher gegriffen. Sie hatte von hinten zugestochen. Mit drei Stichen hatte sie sie niedergestreckt. Ganz schnell war es gegangen, danach war es so still gewesen, dass es Luisa unheimlich war. Sie hatte gezittert. Sie hatte nicht gewusst, was sie machen sollte. Die Frau lag auf dem Parkplatz. Sollte sie sie dort liegenlassen?

Dann war ihr eine Idee gekommen. Wer wusste schon, wo die Frau herkam? Sie wohnte auf einem Zeltplatz. Sie war nicht von hier. Besser, wenn sie einfach verschwand. Deshalb hatte sie die Frau ins Auto gezerrt und sie mit der Wolldecke vom Rücksitz umwickelt, damit sie nicht das Auto verschmierte. Dann war sie mit ihr zum Hennedamm gefahren und hatte sie über das Geländer gewuchtet. Als sie losfuhr, hatte sie noch gedacht, wie einfach es war, einen Menschen umzubringen. Es war genau dann einfach, wenn man den Mensch gar nicht kannte. Auf dem Rückweg nach Hause hatte es geregnet. Und Luisa hatte gedacht: Jetzt bleibt von ihr auf dem Parkplatz nicht mal ein Tropfen Blut.

Luisa stand auf, schob eine Kiste beiseite. Ihre Schwiegermutter hatte sich seit dem Frühstück nicht mehr gemeldet. Sie war zu Tode gekränkt wegen des Auszugs. Tagelang hatte sie ihr das Leben zur Hölle gemacht. Dann hatte sie resigniert und gemeint, sie könne ja gleich ins Altenheim gehen. Dabei wohnte eine ihrer Töchter im Dorf. Zusammen mit ihr hatte Luisa einen Pflegedienst organisiert. Schwiegermutter würde schon klarkommen. Eine Weile jedenfalls.

Jetzt hörte sie den Trecker. Helmut hatte den Umzug der Einfachheit halber mit seinem Trecker geplant. Es waren ja kaum mehr als zwei Kilometer.

„Mutter!“, rief Luisa. „Wir laden jetzt auf!“

Sie reagierte nicht. Natürlich nicht. Sie würde mit Luisa kein Wort mehr wechseln wollen.

„Mutter?“ Luisa ging hinüber, in den Wohnbereich der alten Frau. „Mutter?“ Da saß sie. In ihrem Sessel. Den Mund auf. Die Augen gebrochen. Die Haut leichenblass. Schwiegermutter war tot.

Zuckerschock, dachte Luisa. Sie hatte ihrer Schwiegermutter am Morgen eine höhere Dosis Insulin gespritzt als sonst. Wegen der Aufregung. Das Insulin war zuviel gewesen. Oder anders gesagt: es hatte gereicht.

Luisa überlegte: Was musste sie jetzt tun? Ihre Schwägerinnen anrufen. Und ... Christian.

Ab jetzt würde alles einfacher. Schwiegermutter war tot. Das Haus stand zu ihrer Verfügung. Und Christian wohnte gleich gegenüber.

Gestern hatte er ihr zugewinkt. Er hatte viel freundlicher gewirkt als die Tage zuvor. Herzlicher. Liebevoll, könnte man beinahe sagen. Es würde werden wie früher.

Helmut jedenfalls würde sie jetzt absagen müssen. Erst mal schauen, was sich in ihrem Leben weiter ergab.

Hexenjagd in Bassenheim

Endlich. Da ist sie! Ich dachte schon, sie kommt heute gar nicht! Dabei geht sie freitags immer walken. Immer so um neunfünfunddreißig. Manchmal auch ein paar Minuten später. Sie ist leider nicht pünktlich. Kein pünktlicher Typ. Auch heute. Neundreiundvierzig. Acht Minuten zu spät. Und dann stimmt auch äußerlich irgendwas nicht. Jetzt weiß ich: Sie hat eine andere Hose an heute! Sie trägt sonst immer eine dunkelblaue. Eng anliegend, wie diese Sporthosen so sind. Aber die da ist grau. Grau mit einem roten Streifen an der Seite. Die hat sie noch nie angehabt. Die muss sie neu haben. Neu gekauft. Aber wann? Am liebsten würde ich jetzt in meinen Unterlagen blättern. Wann ist sie das letzte Mal einkaufen gewesen? Am Donnerstag wahrscheinlich. Da war sie ziemlich lange fort. Viel länger als sie sonst bei der Arbeit bleibt. Um neunzehnachtunddreißig ist sie da erst nach Hause gekommen. Also ganze zwei Stunden zu spät! In der Zeit muss sie die Hose gekauft haben! In Koblenz wahrscheinlich. Ich trage es nachher in meine Unterlagen ein. Wenn wir wieder zu Hause sind, sie und ich.

Früher hab ich mich immer schon an der Haustür an sie drangehängt. Habe vom Fenster aus verfolgt, wann sie rausgeht, und mich dann angeschlossen. Viel zu auffällig! Bassenheim ist klein. Da muss man alle Vorsicht walten lassen. Jetzt mach ich das anders. Ich warte etwa zweihundert Meter von unseren Häusern entfernt. Dabei drücke ich mich so lange in einer Auffahrt herum, bis sie vorbei ist. In dem Moment häng ich mich dran. Sie geht immer dieselbe Strecke – die Baumallee lang fast bis zur Marienkapelle. Dort läuft sie einen großen Bogen und dann zurück zum Dorf. Jeden Freitag.

Jetzt ist sie vorbei. Und sie hat mich garantiert nicht gesehen. Ich frag mich nur, warum sie jetzt rechts abbiegt. Sie muss doch nach links! Will sie zum Rathaus? Oder zur Kirche? Verflixt, sie geht immer links! Warum heute anders? Will sie am Friedhof vorbei und dann in die Felder? Himmelherrgott, seit ich sie kenne, hat sie nie diese Strecke genommen! Was soll das jetzt? In den Feldern ist es viel zu übersichtlich. Warum will sie dahin? Aber ich weiß schon. Diese Frau ist unberechenbar. Sie kann sich nicht festlegen. Geht jeder Ernsthaftigkeit gezielt aus dem Weg. Wie habe ich anfangs nur denken können, sie sei die Richtige für mich? Wahrscheinlich hatte sie mir die Sinne verhext. Das kann sie. Wo sie auch hinkommt. Mit ihrem Lachen und ihren blitzenden Augen nimmt sie alle für sich ein. Und das, obwohl sie noch gar nicht lange hier wohnt.

Verflixt, wo will sie hin? Marschiert im Sportdress quer über den Walpotplatz. Das ist mir gar nicht recht. Viel zu rummelig hier am Freitagmorgen. Oh Gott, da kommt auch schon Heinz Plasa auf mich zu. Der sich so in die Renovierung der Marienkapelle reingehängt hat. Dreimal schon hat er mich deswegen angesprochen. Ich solle doch dazukommen. Wär doch auch mal schön für mich. Als hätte ich nichts Besseres zu tun! Als müsse man mich beschäftigen! Oh nein, dem muss ich heute nicht begegnen. Hält mich nur auf. Bleibe ich lieber an der Walpot-Statue stehen – obwohl man mich mit der schon als Kind geärgert hat. „Wer kann mir denn unseren Ritter Walpot beschreiben?“, hat der Grundschullehrer gefragt, als die ganze Klasse hier um die Basaltfigur stand. Und dann hat sich Bauligs Martha gemeldet. „Der hat so ein zerknautschtes Gesicht, und klein ist er auch“, hat sie in die Gruppe trompetet. „Der sieht aus wie Werner!“ Das Gelächter hab ich heut noch im Ohr. Seitdem hab ich meinen Namen weg. ‚Walli’ sagt man in Bassenheim zu mir. Nur Mutter, die hat weiter ‚Werner’ gesagt.

Wer ist das, mit dem sie jetzt plötzlich da steht? Der junge Lohner! Hält sich für was ganz Besonderes, der. Wie er immer seine Locken zurückstreicht. Schwer peinlich ist das! Mit dem hat sie zusammen Theater gespielt. Auch so ein Quatsch, diese Theatergruppe! Die Leute haben einfach zu wenig zu tun. Langweilen sich. Und dann spielen sie Theater – drüben in der Grundschule. Und sie natürlich mitten dabei! Sie hat ein junges Ding gespielt letztens, in einem hautengen Kleid. Ich hab's mir viermal angesehen. Mehr Aufführungen gab's leider nicht.

Will sie heute gar nicht mehr weiter? Jetzt lacht sie. Und der junge Kerl legt ihr vertraulich die Hand auf den Arm. Schön, dass die Menschen noch Spaß haben! Die beiden kriegen sich ja gar nicht mehr ein. Proben bestimmt schon für das nächste Stück. Vielleicht was mit Hexen. Aber jetzt, jetzt bummelt sie mit dem Kerl endlich weiter, ein paar Schritte zumindest.

Ob sie zur Kirche hinwill? Sie macht ja beim Martinstreff mit. Martinstreff – da weiß ich auch nicht, was das eigentlich soll. Ich dachte, die Kirche wäre zum Beten da. Stattdessen wird im Pfarrheim gekocht und gegessen. Jeder kann kommen. So steht es überall. Zweimal war ich auch da. Da wusste ich noch nicht, woran ich bei ihr bin. Da fand ich sie noch nett, die neue Nachbarin. Dabei ist sie eine richtige Hexe. Eine, die sich gut verstellen kann. Wahrscheinlich war sie es, die den Leuten was ins Essen getan hat. Ich weiß noch, wie groß die Aufregung war. Manche alten Leute haben Wochen gebraucht, bis sie sich von den Salmonellen erholt haben. Ein Wunder fast, dass ich noch lebe, wo sie auch mich mal eingeladen hat. Ganz am Anfang war das. Kurz nach dem Einzug. Ich hatte sie mir erst mal eine Woche lang vom Fenster beguckt. Erst in der zweiten Woche bin ich dann nach draußen gegangen. Hab ein paar trockene Blüten abgeknipst in meinem Beet, genau zum richtigen Zeitpunkt. Und gleich hat sie mich angesprochen.

„Auf gute Nachbarschaft", hat sie gesagt und ihre Hand ausgestreckt. Die Hand war ganz warm, und ob ich am nächsten Samstag nicht auf ein Glas Wein kommen wolle. Bin ich dann auch, und an dem Abend lief auch alles sehr schön. Ich habe ein wenig von Mutter erzählt, und sie hörte wirklich sehr verständnisvoll zu. Die Zeit verging im Fluge, und am nächsten Tag hab ich sie gleich zu mir eingeladen. Da hat sie schon abgelehnt und sich herausgeredet, sie habe noch so viele Kisten im Keller. Ich habe zwei Tage später gleich wieder gefragt. Bis dahin musste sie die Kisten längst weggepackt haben. Überhaupt – die paar Kisten! Aber sie wollte halt nicht. Erst sechs Wochen später hat es dann endlich geklappt. Doch da war sie schon verändert, nicht mehr so lustig wie vorher. Aber immerhin hat sie sich für Mutters Sachen interessiert. Sie stehen ja alle noch da, und das fand sie sehr interessant. Weil Mutter doch schon vier Jahre tot sei. Es waren vier Jahre und sechs Monate, um genau zu sein. Plus zwei Wochen und drei Tage, wenn man es ganz exakt wissen will. Anschließend hat sie mich auch nach meinem Grundstück befragt. Sie hätte ja noch Pläne, hat sie lächelnd gesagt. Wolle vielleicht anbauen und die Grotzen freilegen. Verstehe gar nicht, was alle an diesem braunen Lavastein finden. Mutter hat bei uns damals Teerpappe draufmachen lassen. Eine saubere Sache. Nur ihr ist das nicht gut genug. Sie will lieber dieses Zeugs, das wie Lebkuchen aussieht. Wie ein Hexenhaus. Passt ja auch. Passt ja zur Hexe. Aber größer hätt sie's auch gern, ihr Haus. Ob mir das was ausmachen würd, wenn sie bis auf zwei Meter herankäme mit ihrem Haus. Man müsste das vertraglich vereinbaren – das wär doch kein Problem.

„Ich weiß nicht", hab ich immer wieder gesagt. „Da muss ich mich erkundigen. Herrn Wiesel fragen." Das ist unser Anwalt. Der macht die wichtigen Sachen für mich.

Auf jeden Fall war sie von da an verändert. Sie blieb auch nicht lange, und anschließend ging sie mir häufig aus dem Weg. Dabei hatte ich schnell heraus, wann sie wo wie lange war. Ich konnte sie fast täglich abpassen, aber die alte war sie nicht mehr. Kurz angebunden, wenn ich ein Gespräch führen wollte. Und irgendwann sagte sie sogar, ihr werde das mit uns ein bisschen zu eng. Was sollte da zu eng sein, frage ich mich. Ein Gespräch über die Hecke – zu eng? Da hab ich schon gemerkt, dass da etwas nicht stimmt.

Achtung! Sie gucken herüber! Schnell hinter die Büsche, damit sie mich nicht sieht. Das wäre mir peinlich, gerade, wo sie mit dem Lohner da steht. Nicht, dass sie mit dem Kerl da über mich spricht! Das sähe ihr ähnlich. Ihren wahren Charakter hab ich nämlich erkannt, als sie Besuch von ihrer Freundin bekam. Die aus Urmitz. Die immer soviel Zeugs hinten im Auto liegen hat. Ich wusste gar nicht, dass sie kommt, diese Freundin. Woher auch? Die Hexe informiert mich ja nicht. Ich hatte mich einfach mal frühzeitig auf die Lauer gelegt. Schon eine halbe Stunde, bevor sie von der Arbeit kommt. Wenn ich mich ganz dicht bei mir an die Palisadenwand setze, dann kann sie mich von ihrer Terrasse nicht sehen. Ich muss nur früh genug auf dem Posten sein, denn, wenn sie mich hört, wie ich nach draußen gehe, dann verschwindet sie gleich wieder ins Haus. Aber ich war frühzeitig da und sie hat wohl gedacht, ich sei unterwegs. Sonst hätte sie all das niemals gesagt. Ihr Gekicher habe ich heut noch im Ohr. Es war ja auch durch alle Gärten zu hören. So jemanden wie mich habe sie ja noch niemals erlebt. Ich sei ja völlig – ich sei – Und sogar über meine Zollstocksammlung hat sie sich lustig gemacht! Wenn ich das geahnt hätte, hätte ich sie ihr niemals gezeigt! Schwer durchgeknallt sei ich, hat sie gesagt.

Ich weiß nicht, wie ich sie einmal nett finden konnte! Eine Hexe ist sie, mehr ist sie nicht. Damals wurden die ja meistens verbrannt. Vielleicht sogar oben auf dem Karmelenberg. Nicht umsonst sagte man ja Hexenberg früher. Verbrannt wurden die Hexen! Oder es wurde etwas anderes mit ihnen gemacht. Eigentlich denke ich ständig daran. Was man mit ihr machen sollte. Zum Bestrafen, meine ich jetzt.

Na endlich, der Lohner verabschiedet sich. Aber was macht sie jetzt? Sie wirft einen Brief ein. Drüben am Rathaus. Ob der mit mir zu tun hat? Ich trau ihr das zu. Sie kennt kein Pardon mehr. Am liebsten würd ich jetzt – Aber ich bleibe besser hier im Hintergrund. So, als würd ich mir das Rentamt begucken. Ob sie jetzt zum Schloss will? In den Park womöglich, zum Walken? Aber das darf sie ja gar nicht! In den Park darf keiner rein! Ich früher schon. Ich hab ja bei der Herrschaft geschafft. Den Hof gefegt und so. Lange war ich da, eigentlich immer schon, von der Schule an. Bis man uns entlassen hat. Alle Mann! Es ginge nicht weiter – wegen dem Geld. Dass ich nicht lache! Der wollte uns nicht mehr. Seitdem bin ich zu Hause.

Oh Gott, sie kommt zurück über den Platz. Ziehe ich mich lieber weiter hinter die Bäume zurück, damit sie mich nicht sieht. Ah, jetzt geht sie doch Richtung Wald. Das freut mich, weil man im Wald ganz andere Möglichkeiten hat! Den alten Lavabruch zum Beispiel, der sich direkt am Wegesrand auftut. Ich hab es mir schon zigmal vorgestellt ... An einer Stelle ist der Stacheldraht ganz heruntergetrampelt. Und gleich dahinter geht es hundert Meter in die Tiefe. Keine Chance, wenn man da runterknallt. Keine Chance.

Sie hätte es verdient. Kaum zu glauben, dass ich diese Hexe einmal nett gefunden hab! Aber nachdem ich dann wusste, wie sie über mich denkt, habe ich ihr das Leben zur Hölle gemacht. Ihr Pferdeäpfel vom Reiterhof in den Briefkasten gesteckt und mich täglich beschwert, dass ihr Unkraut rüberwächst. Sie lässt den Garten ja völlig verkommen. Alles wächst durcheinander. Dafür hat sie wahrscheinlich keine Zeit. Sie muss schließlich Theater spielen oder beim Mittwochstreff helfen oder aber ihre zahlreichen Besucher bewirten. Seitdem sie nebenan wohnt, ist andauernd was los. Eine richtige Belästigung ist das. Neulich hat jemand mit seinem Wagen auf meinem Rasenkantenstein geparkt. „Den könnte ich anzeigen“, habe ich ihr anschließend gesagt. „Nur zu!“, hat sie geantwortet. Sie ist ja so was von rotzfrech.

Jetzt ist sie „Am Hirsch“. Da geht sie manchmal zum Essen hin. Ob sie nun nach Hause abbiegt? Nein, sie bleibt auf der Straße, dann will sie also tatsächlich zum Wald.

Eine Zeitlang hatte sie sich ja noch um gute Stimmung bemüht. Kurz, nachdem das im Garten mit ihrer Freundin passiert war und ich sie anschließend nicht mehr gegrüßt hab. „Ist irgendetwas?“, hat sie mich auf der Straße gefragt. Und ob wir nicht mal drüber reden sollten. Von wegen. Nachher macht sie sich nur wieder lustig. Ich hab sie durchschaut. Durchschaut hab ich sie.

Nach dem letzten Wortwechsel ging es nur noch hart auf hart. Wegen der Pferdeäpfel hat sie tatsächlich Anzeige erstattet. Und als ihre Katze weg war, war plötzlich ich daran schuld. Dabei konnte sie mir gar nichts beweisen. Genauso wie bei den zerstochenen Reifen von diesem Kerl, der ab und zu kommt.

Irgendwann hat sie mir sogar von Stalking erzählt. So hieße das, wenn jemand einen anderen derart belästige. Da gebe es neue Gesetze, und ich würde von ihrem Anwalt hören, hat sie mir als letztes gesagt. Das warten wir mal ab, habe ich lächelnd gedacht. Von ihrem Antrag ans Ordnungsamt habe ich da allerdings noch gar nichts gewusst. Ein Betreuungsverfahren will sie, mit Gutachten und so. „Aber das kriegt sie nicht durch“, hat Herr Wiesel gesagt. Das wär ja Entmündigung – das wär ja – das wär ...

Wie sie jetzt da langläuft und die Hüften schwingt! Richtig aufreizend ist das! Aber sie hat’s ja auch nötig. Ihren Mann hat sie nicht mehr. Sie ist nämlich geschieden. Das hat sie mir am ersten Abend erzählt. Kein Wunder! Wer will mit einer Hexe schon verheiratet sein? Des Abstands wegen ist sie dann nach Bassenheim hin. Sie schafft bei Stieffenhofer, in der Keksfabrik. In der Buchhaltung, heißt es, halbe Stelle, deshalb hat sie auch zweimal vormittags frei. Man müsste sie vergiften eigentlich. Mit einem Keks vielleicht, das passte ja dann.

Am Anfang hab ich gedacht, die vergiftet sich selbst. Sie holt sich nämlich immer ihr Wasser am Bur. Diese stinkige Schwefelquelle bei uns unten im Ort. „Pures Heilwasser", sagt sie. Das Zeug ist so braun, da kann man gleich eine Eisenstange lutschen. Na, soll sie's halt trinken. Vielleicht brauchen Hexen so etwas ja.

Puh, jetzt komm ich aber ein wenig außer Atem. Die hat vielleicht ein Tempo drauf. Nun, wenn man jeden Freitag läuft, kriegt man schwer Kondition, vermute ich. Muss einen Moment ausruhen. Ist sowieso besser, wenn ich Abstand halte. Ist unauffälliger.

Aber was mach ich nun mit ihr? Verbrennen, vergiften, in den Vulkan stürzen ... Das Richtige ist das alles noch nicht. Ich will ja keine Spuren hinterlassen. Außerdem soll es etwas sein, was ich aus der Ferne tun kann, aber doch so, dass ich mitkriege, was gerade passiert. Erschießen ginge natürlich. Aber dann hätte ich damals für ein Gewehr sorgen müssen. Der Schlossherr hatte ja die Schränke voll davon. Aber jetzt komme ich da so einfach nicht dran. Vielleicht, wenn ich sie zu Tode stürze? Also, etwas auf sie drauffallen lasse, was sie dann zerquetscht. Das könnte mir gefallen. Vielleicht oben im Wald, in der Baumallee, wo die knorrigen Bäume wie verwachsene Riesen über den Weg greifen. Dort fällt doch bei jedem Sturm einer der Kolosse um. Wenn man nun einen mächtigen Ast auf sie niederfallen lässt, während sie gerade beim Walken drunter hergeht, dann hat sie keine Chance. Allerdings – wie mache ich das mit dem Ast? Den müsste ich vorher absägen. Und er müsste so fallen, dass er sie optimal trifft. Gar nicht so einfach, fürchte ich. Es muss noch einen anderen Weg geben. Einen, der sicherer ist. Und einen, der noch dazu garantiert klappt.

Wo könnte man denn etwas runterstürzen lassen? Irgendwo, wo sie auf jeden Fall langkommt. Und wo man möglichst nicht beobachtet wird. Von wegen beobachten: Wo ist sie denn jetzt? Sie wird mich doch nicht etwa abgehängt haben! Bis zur nächsten Biegung nicht zu sehen. Aber da liegt was! Etwas Rotes – da auf dem Weg unter der Eisenbahnbrücke! Ihr Schweißband. Hat sie verloren, schätze ich. Nehme ich mit und tu es zu den anderen Sachen. Ich hab ja eine ganze Kiste voll. Nehme ich mit. Aber was ist das für ein Geräusch – da oben – ist da jemand? Auf dem alten Viadukt? Fahren doch gar keine Züge mehr. Womöglich ist sie nach oben – ist sie wirklich nach oben – ihre flackernden Locken – und ein riesiger Bruchstein – sie wird doch nicht – den Stein runterstoßen – diesen riesigen Stein – das wäre die Lösung: ein Stein aus der Brücke – das wäre – neeeeein!

Abrechnung in Attendorn

Es war unfassbar. Unerträglich. Ihre Kollegen waren samt und sonders zu Marionetten mutiert. Und sie merkten nicht einmal, wie sie sich lächerlich machten.

„Attendorn hat eine Menge zu bieten", schwätzte die neue Kollegin munter vor sich hin. Annegret hätte beinah laut aufgelacht. Das Ganze war ein Witz! Eine Farce – nur, dass niemand es merkte. Als sie noch die Lehrerausflüge organisiert hatte, da hatten kulturell bedeutsame Städte auf dem Programm gestanden. Oder Städte, die zumindest vom Ambiente etwas hergaben. Münster, Essen, Marburg. Attendorn dagegen war ein Nichts! Ein Nichts, das sich im südlichen Sauerland befand und das kein einziger aus dem Lehrerkollegium je aufgesucht hätte, wenn die neue Kollegin es nicht angepriesen hätte, als rangiere es kulturell direkt hinter Weimar. Mein Gott, die Frau hatte hier am Attendorner St. Ursula-Gymnasium ihr Referendariat gemacht und kannte nichts Besseres.

„Wir werden zunächst die Atta-Höhle besuchen", trompetete Ulrike Schreiber vergnügt ins Bus-Mikrophon, „bevor wir dann das Programm am Biggesee fahren."

Das Programm am Biggesee fahren! Wieder konnte Annegret sich nur mit Mühe zurückhalten! Diese neue Kollegin war eine Zumutung. Sport und Erdkunde – schon ihre Fächerkombination war eine Provokation. Die Lizenz zum Faulenzen! Annegret wusste, wovon sie sprach. Sie unterrichtete Deutsch und Französisch. Zwei Korrekturfächer – was einer glatten Katastrophe gleichkam. Annegret wusste nicht, wann sie zuletzt ein Wochenende ohne sich endlos auftürmende Heftstapel verbracht hatte.

„Bevor wir gleich zur Höhlenbesichtigung aussteigen,

werft unbedingt noch einen Blick auf die herrliche Landschaft!“

Annegret konnte schon Ulrike Schreibers Stimme nicht ertragen. Diese Frau hatte etwas Vulgäres an sich. Man musste sich nur ihre wulstigen Lippen ansehen.

„Diese sanften Hügel wirken immer so verwunschen – “, die Sportkollegin schaute versonnen nach draußen, dann hatte sie in ihrem beschränkten Geist offenbar eine gehaltvolle Entdeckung gemacht, denn plötzlich warf sie verzückt den Kopf herum, schaute mit knopfgroßen Augen ins Businnere und verstieg sich zu dem Zusatz: „Wie in einem Feenland, findet ihr nicht?“

Annegret hätte beinahe in das Polster ihres Vordersitzes gebissen. Aber offenbar war es genau dieses Mädchenhafte, das die Kollegen verzückte. Wie hirnlose Halbaffen strahlten sie sie an, in der Hoffnung, ihre Aufmerksamkeit für einen Augenblick zu gewinnen.

„Wie hoch liegt eigentlich Attendorn?“ Der lange Fleige stellte diese Frage. Religion und Geschichte. Es war zum Piepen, dass es ihn interessierte, wie hoch ein Provinznest wie Attendorn lag.

„450 Meter“, antwortete Kollegin Schreiber wie aus der Pistole geschossen. „Die hügelige Landschaft des Sauerlandes entstand durch die Hebung des Rheinischen Schiefergebirges. Das Ganze passierte am Ende des Miozäns und vor allem im Quartär.“ Offenkundig hatte die Gute ein paar beeindruckende Sätze aus einem Wikipedia-Artikel auswendiggelernt.

„Interessant!“, sagte Fleige und schien es ernst zu meinen.

Ungläubig ließ Annegret ihren Blick schweifen. Wie sehr musste eine Meute von Gymnasiallehrern hormonell betäubt sein, wenn sie sich durch schwammige Informationen dieser Art genötigt sah, sich an den überdimensionierten Lippen einer siebenundzwanzigjährigen Neukollegin festzusaugen? Annegret hatte es in den letzten Minuten bewusst vermieden, zu Martin hinüberzuschauen. Nun konnte sie sich nicht länger zurückhalten. Was sie sah, versetzte ihr einen Stich. Auch er lächelte Ulrike Schreiber versonnen an. Ein wenig Spott lag um seinen Mund, aber das war seine Art. Martin war durchaus angetan. Das hatte Annegret schon während der Busfahrt bemerkt. Fast die ganze Zeit von Siegen hierher hatten die beiden gescherzt. Obwohl andere sich immer wieder in das Gespräch eingemischt hatten, hatte Martin es mit seinem umwerfenden Charme in Windeseile geschafft, dass Ulrike Schreiber sich ihm besonders zugewandt hatte.

Der Bus hielt jetzt auf einem riesigen Busparkplatz an. Schon standen die ersten Kollegen an der Tür. Annegret stöhnte innerlich. Lehrer waren auf einem Ausflug fast schlimmer als Schüler. Sobald sich die Tür geöffnet hatte, stürzten alle nach draußen.

„Wir müssen die Straße überqueren und dann die kleine Steigung hinauf!“ Ulrike Schreiber gab weiter die pflichtbewusste Reiseführerin, winkte munter in die schnatternde Menge hinein und marschierte dann resolut voran. Martin hatte nach drei zügigen Schritten den Platz zu ihrer Rechten ergattert. Annegret sah von hinten, wie er sich ihr lachend zuwandte und sie in ein Gespräch verwickelte.

„Na dann – auf in die Atta-Höhle!“, hörte Annegret Heidemarie Scheckel neben sich sagen. Und es war ihr, als würde sie zumindest in den Worten der älteren Mathekollegin einen Unterton hören.

„Wir befinden uns jetzt hundert Meter unter der Erde in der größten Tropfsteinhöhle Deutschlands“, erklärte der rüstige Sechzigjährige, der die Führung übernommen hatte. „Ein vier Kilometer langes Kalksteinparadies, das im Jahre 1907 bei Sprengarbeiten des hiesigen Kalkwerkes entdeckt wurde.“

„Herr Kreber hat über die Stalagnaten in der Attahöhle geforscht“, zog Ulrike Schreiber jetzt wieder die Aufmerksamkeit auf sich. Offenbar konnte sie es schwer ertragen, wenn sie länger als zwei Minuten nicht der Hingucker war.

„Ich kenn nur Stalagmiten und Stalagtiten“, murmelte Norbert Weber, Mathe und Physik. „Und auch da kann ich mir nicht merken, wer jetzt von oben kommt und wer von unten.“

„Da gibt's doch Eselsbrücken“, kalauerte daraufhin Jörn Vollmer los. „Stalagtiten sind die, die von oben runterhängen. Ein T mehr, und du weißt auch, warum.“

Annegret verdrehte die Augen. Einige ihrer Kollegen waren zum Fremdschämen. Wenn sie dann auch noch einem Hormonschub ausgesetzt waren, rutschten sie in die Unerträglichkeit ab.

„Von einem Stalagnat spricht man, wenn ein Stalagmit und ein Stalagtit zusammenwachsen“, überging Herr Kreber das pubertäre Wortspiel. „Davorne sehen Sie ein besonders beeindruckendes Beispiel.“ Der Höhlenführer zeigte auf eine mächtige Tropfsteinsäule. „Wenn man bedenkt, dass ein Millimeter Wachstum 10 Jahre benötigt, können wir davon ausgehen, dass dieses Exemplar 2,5 Millionen Jahre alt ist.“

Ein Raunen ging durch die Reihen.

„Wenn Sie wiederum nach links schauen, können Sie sehr schön erkennen, wie sich Stalagmit und Stalgtit langsam aufeinander zubewegen.“ Herr Kreber deutete jetzt auf einen dünnen Steinzapfen, der auf einen spargelähnlichen Stalagmiten hinzuwachsen schien.

„In wenigen hundert Jahren werden sie sich vereinigt haben“, erklärte Herr Kreber. „Vielleicht schauen Sie dann noch einmal vorbei und sehen es sich an.“ Alle lachten.

„Aber ist es nicht faszinierend“, sagte Martin, und sprach dabei so laut, dass seine Stimme in dem Höhlenambiente etwas Pathetisches bekam, „ist es nicht geradezu anrührend, wie die beiden einander nicht verfehlen? Wie sie aufeinander zuwachsen, als wären sie schicksalhaft dazu bestimmt, miteinander zu verschmelzen und dann immer beieinander zu sein?“

Während diese Schwachsinnssätze aus seinem Mund waberten, sah Martin die neue Kollegin eindringlich an. So eindringlich, dass selbst eine Frau wie Ulrike Schreiber unter seinem Blick verlegen wurde.

Annegret konnte es nicht fassen. Martin hätte zu keinem anderen Zeitpunkt einen solchen Nonsens von sich gegeben. Martin war intelligent. Diszipliniert. Klug. Die Gegenwart dieser Frau schien sein Gehirn jedoch in einen Lähmungszustand versetzt zu haben.

Eifrig lief er jetzt neben ihr her und flüsterte etwas. Sein Interesse war inzwischen so offenkundig, dass es Annegret die Zornestränen in die Augen trieb. Sie dachte an die Zeit vor viereinhalb Jahren, als Martin an ihre Schule gekommen war. Er hatte unbedingt von seiner Gesamtschule weggewollt und dabei in Kauf genommen, dass er am Gymnasium erst mal seine Beförderungsstelle verloren hatte.

„Mich hat die Gesamtschule fertiggemacht“, hatte er ihr oft genug vorgejammert. Um so besser war es ihm anschließend bei ihnen in Siegen ergangen, an ihrem Gymnasium. Martin war ein aufmerksamer Typ. Nicht lange und er war zum Liebling des Kollegiums aufgestiegen. Besonders aber hatte er sich Annegret zugewandt. „Ich find das einfach toll, dass du dich im Lehrerrat so engagierst.“ Annegret schluckte, wenn sie an Martins Komplimente dachte. Er hatte es fertiggebracht, dass sie sich auch für ihn engagiert hatte. Es hatte kein Jahr gedauert und Martin war Mittelstufenkoordinator geworden. Die Beförderung zum Oberstudienrat war jetzt nur noch eine Sache der Zeit.

„Genießen Sie einfach das Faszinosum von Jahrtausenden, das über dieser Höhle liegt", hörte Annegret jetzt Herrn Kreber erzählen. „Betrachten Sie die wunderschönen, vorhangartigen Sinterfahnen, die so filigran sind, dass das Licht hindurchschimmert. Sie entstehen, wenn das Wasser nicht senkrecht tropft, sondern im immergleichen Bogen an der Wand entlangläuft."

Warum hatte sie Martin eigentlich immer alles verziehen? Annegret blickte nachdenklich auf die üppigen Gesteinsvorhänge, die sie an die anmutigen Falten römischer Statuen erinnerten. Warum hatte sie ihm nicht nachgetragen, dass er sie bloß ausgenutzt hatte? Es tat ihr heute noch weh, wenn sie an ihre kurze Affäre dachte. Zweimal hatte sie mit Martin geschlafen, danach hatte er ein dringliches Gespräch mit ihr gesucht. „Ich kann das nicht", hatte er gesagt und dabei geguckt wie ein Kind. „Es ist nicht gut, wenn wir Beruf und Freizeit vermengen." Sie hatte drei Klöße im Hals gehabt und nur noch genickt.

Martins Umgang danach war professionell gewesen. Verständnisvoll und aufmerksam – so, als würde er die Sache am meisten bedauern. Gleichzeitig konsequent und entschieden – so dass die Frage, ob das alles richtig war, gar nicht erst aufkam.

„Der nun folgende Saal ist der Fürstin Atta gewidmet", erklärte jetzt der Höhlenführer, „der Dame, der wir der Sage nach die Gründung der Stadt zu verdanken haben."

„Wisst ihr, was ich mit am schönsten finde, in dieser Höhle?", quatschte Ulrike Schreiber dazwischen. „Den Eisbären da drüben."

Alle schauten irritiert.

„Wenn man von hier guckt", erklärte sie mit kindlicher Begeisterung, „dann sieht das Gebilde aus wie ein Eisbär, der sich nach oben reckt, um dort etwas von der Decke zu holen."

Alle Anwesenden – oder besser alle anwesenden Männer – bemühten sich, ebenfalls den Eisbären zu sehen. Martin versuchte dabei, Ulrikes Position einzunehmen, und rückte ihr dabei so sehr auf die Pelle, dass es nur noch peinlich war.

„Wahnsinn!", meinte er nach zwei, drei Sekunden.

„Das finde ich auch!" Annegret drehte sich weg und ging weiter.

Drei Stunden später war das meiste überstanden. Der Einkauf von Atta-Käse und anderen Touri-Artikeln, die Dampferfahrt über die Bigge und die Wanderung durch den Schnellenberger Wald. Bei jeder Gelegenheit hatte Ulrike Schreiber Informationen über Attendorn und Umgebung zum besten gegeben. Es gab eben Menschen, fand Annegret, die wussten ihr weniges Wissen optimal anzubringen.

Jetzt saßen sie im Restaurant der Burg Schnellenberg und ließen es sich schmecken. Die Stimmung war großartig – wenn Annegret von sich selbst einmal absah. Dennoch – eins musste auch sie anerkennen: Ulrike Schreiber hatte den Tag gut organisiert – und sie hatte ein Gefühl für Orte mit Atmosphäre. Diese backsteingraue Burg mit wunderbarem Blick über das Tal – das hatte schon was.

„Guter Einstand in den Lehrerrat!", rief Martin just in diesem Moment in die feiernde Runde. Er erhob sein Weinglas. „Auf Ulrike und ihre perfekte Organisation!"

Annegret schluckte. Er hatte ja recht, das hatte sie selbst insgeheim zugeben müssen. Aber hatte vor zwei Jahren, als sie noch im Lehrerrat gewesen war, irgendjemand mal einen Dank an sie ausgesprochen?

„Auf unsere Ulrike!", prostete auch Kollege Fleige hinüber.

Annegret stand auf und ging ein wenig spazieren.

„Beeindruckend, nicht?"

Annegret fuhr herum. Sie stand, etwa 30 Meter vom Restaurant entfernt, an der steinernen Brüstung, von der aus man sicher einen atemberaubenden Blick über die Landschaft hatte – wenn es nicht gerade so dunkel war wie jetzt.

Hinter ihr stand Ulrike Schreiber und lächelte sie an.

„Beeindruckend, ja“, Annegret wusste nicht, was sie antworten sollte. „Und ziemlich tief, schätze ich.“ Sie beugte sich ein wenig über die Brüstung. Bis nach unten konnte sie nicht mehr schauen, aber sieben, acht Meter waren es bestimmt.

„Sie haben recht.“ Ulrike lächelte Annegret an. Dann kletterte sie plötzlich auf die Steinmauer hinauf, als wäre diese als Sitzgelegenheit vorgesehen. Übermütig ließ sie die Beine nach unten baumeln.

„Haben Sie keine Höhenangst?“ Annegret deutete vage nach unten.

„Nein, überhaupt nicht. Ich klettere oft in den Alpen herum. Ich könnte glatt auf einer Kirchturmspitze schlafen.“

Annegret lachte unsicher. Dann trat ein Schweigen ein.

„Wie ist es mit Ihnen? Haben Sie Höhenangst?“

„Eigentlich nicht.“

„Dann kommen Sie herauf. Es sitzt sich ausgezeichnet hier oben.“

„Ich weiß nicht.“

„Kommen Sie einfach. Es lohnt sich, auch wenn man nicht mehr viel sieht. Man spürt den Ausblick. Das ist fast noch besser als sehen.“

Annegret runzelte die Stirn. Sie hätte am liebsten gesagt, dass sie keinen Sinn für gefühlte Ausblicke hatte, auch nicht für Feenlandschaften und sich reckende Eisbären.

„Nun kommen Sie schon! Man lebt nur einmal!“ Ulrike reichte ihr die Hand. Die Geste irritierte Annegret. Dann gab sie sich einen Ruck. Sie hatte keine Lust, ständig wie eine langweilige Tante zu wirken. Etwas unsicher bestieg sie die breite Brüstung und ließ sich dann vorsichtig nieder. Ulrike Schreiber hatte sie die ganze Zeit an der Hand gehalten. Jetzt ließ sie los.

Annegret atmete durch und versuchte, den Moment zu genießen. Es war ein seltsames Gefühl, die Beine so ins Nichts baumeln zu lassen. Mit den Händen hielt Annegret sich deshalb an der Brüstungskante fest.

„Fühlt sich gut an, nicht wahr?“ Ulrike Schreiber hatte jetzt eine warme Stimme. Ganz anders als eben.

„Ja, fühlt sich gut an. Tatsächlich.“

Lange sagte keiner mehr etwas. Annegret ließ die Umgebung auf sich wirken. Die kalte Nachluft, die Dunkelheit um sie herum. Das etwas befremdliche Gefühl, in vielen Metern Höhe neben der Frau zu sitzen, über die sie sich den ganzen Tag geärgert hatte.

„Sie sind sauer, nicht wahr? Wegen des Ausflugs, für den sich hier jeder bedankt. Obwohl Sie selbst sich dieselbe Mühe früher auch gemacht haben.“

„Nun“, Annegret suchte verzweifelt nach einer passenden Antwort. „Der Ausflug heute ist sicher besonders originell.“

„Dann sind Sie sauer wegen Martin?“

Annegret schluckte. „Martin ist ein erwachsener Mann. Achtundvierzig, wenn ich mich nicht täusche.“

Sie betonte die Zahl. Ulrike Schreiber sprang darauf an.

„Er könnte mein Vater sein. Sicher denken Sie das“, sie ließ ihren Kopf in den Nacken fallen und schaute zum Himmel. „Wissen Sie, ich habe nie einen Vater gehabt. Vielleicht bin ich deshalb ständig auf der Suche nach ihm.“

„Ihre Eltern haben sich getrennt?“

„Nein, schlimmer!“ Die Schreiber hatte jetzt die Augen geschlossen. „Meine Mutter ist vergewaltigt worden, als sie neunzehn war. Von zwei Jungs. Einer von beiden ist daher mein Vater."

Annegret stockte. Die unvermittelte Direktheit ihrer Kollegin raubte ihr den Atem.

„Vergewaltigt?" Einen Moment lang überlegte Annegret, ob sich dieses junge Ding womöglich eine Räuberpistole ausgedacht hatte, um sich noch interessanter zu machen. Vielleicht erzählte sie Martin nachher die Geschichte, und die beiden lachten sich tot.

„Vergewaltigt, ja." Ulrikes Stimme klang nicht so, als hätte sie sich irgendetwas ausgedacht. Sie klang hart und bitter. „Von zwei Studenten, als meine Mutter in der Uni geputzt hat."

„Von zwei Studenten?" Annegret runzelte die Stirn. „Hat Ihre Mutter denn nicht Anzeige erstattet?"

„Nein, hat sie nicht!" Ulrikes Stimme hatte noch einen Grad zugelegt. „Und bis vor zwei Jahren hat sie die Sache überhaupt niemandem erzählt. Bis vor zwei Jahren, verstehen Sie?" Annegret wollte etwas sagen, aber ihr fehlten die Worte.

„Sie ist an Brustkrebs gestorben, im Mai vor zwei Jahren. Kurz vorher hat sie das Geheimnis um meinen Vater dann endlich gelüftet."

„Nun ja", warf Annegret vorsichtig ein, „vermutlich wissen Sie ja dann noch immer nicht, wer Ihr Vater ist?"

„Ich habe recherchiert, das können Sie mir glauben. Ich habe – "

„Was sitzen denn hier für ein paar Trauerklöße?"

Beide fuhren erschrocken herum. Martin kam auf sie zu, in der Hand sein Glas mit Rotwein, aus dem er noch im Gehen trank.

„Was ist los, ihr Lieben, spielt ihr Burgfräulein oder trauert ihr nur vor euch hin?"

„Wie man's nimmt." Ulrikes Worte hatten etwas Zweideutiges.

„Na, dann lasst mich mittrauern." Martin war betrunken. Eindeutig betrunken. Schwerfällig versuchte er, ebenfalls auf die Brüstung zu klettern.

„Martin, ich weiß nicht – “, versuchte es Annegret.

Aber Martin ließ sich nicht aufhalten. Er drückte Ulrike sein Glas in die Hand. Dann krabbelte er wie ein Kind auf die Brüstung, schwankte einen Moment lang bedenklich und quetschte sich schließlich zwischen die Frauen.

„Schön ist das hier!“, lallte er, nahm Ulrike das Glas aus der Hand und trank einen Schluck. Annegret sah ihn von der Seite an. Dann beugte sich hinter ihm plötzlich Ulrike nach vorn. Der Moment, als sich die beiden Profile nebeneinander befanden, ließ Annegret erschaudern.

„Nein!“, sagte sie. Ulrike hatte ihren Gesichtsausdruck gesehen.

„Was nein?“, bollerte Martin.

„Doch!“, sagte Ulrike. Martin schaute verwirrt.

„Ein origineller Ausflug“, sagte Ulrike langsam und sah Annegret eindringlich an. „Aber kein Zufall, weißt du. Ich kenn diese Stelle.“

„Wovon redet ihr denn?“ Martin runzelte die Stirn.

„Weißt du, Martin“, sagte Ulrike, „es gibt Männer, mit denen lohnt sich kein offenes Gespräch.“

Annegret nickte nachdenklich. „Da ist eigentlich jede gemeinsame Minute zuviel.“

„Worauf warten wir also?“ Ulrike zog die Beine an und griff dabei, wie schon zuvor, nach Annegrets Hand. Die zögerte einen Moment. Dann schlug sie ein. Hinter Martins Rücken hielten die beiden Frauen sich jetzt an der Hand.

„Warum seid ihr plötzlich so ungemütlich?“ Martin wurde unruhig. Er versuchte aufzustehen. Zur Stärkung nahm er einen weiteren Schluck.

„Zeit zu gehen!“, erklärte Ulrike mit Blick auf Annegret.

Dann standen beide gleichzeitig auf.

Martin fiel wie von selbst. Er fiel einfach ins Nichts. Er

schrie nicht, denn er hatte einen Schluck Rotwein im Mund.

„Wo ist eigentlich Martin?“, fragte Annegret auf dem Rückweg zum Restaurant.

„Keine Ahnung“, sagte Ulrike und fasste sie unter. „Womöglich ist er auf die Brüstung geklettert. Schließlich hat er beim Abendessen zuviel Rotwein getrunken.“

Unterm Schnee

„Unterm Schnee muss' ordentlich sein!" hat mein Vater immer gesagt. Man kann über manches meckern, was meinen Vater angeht, aber wo er recht hatte, da hatte er recht. Was er sagen wollte mit diesem Satz, war: Alles muss eine Ordnung haben. Auch unter dem Schnee muss gekehrt sein. Unordnung muss man vom Ansatz her angehen. So war er halt, mein Vater, ein strenger Mann. Als Junge habe ich oft gewettert gegen ihn – heute weiß ich, warum er war, wie er war. Ohne Disziplin und Leistungsbereitschaft kommt man nicht weit.

Ich versuche das auch an meine Kinder weiterzugeben. „Von nichts kommt nichts", sage ich immer, und „Ohne Fleiß kein Preis." Manchmal sage ich auch, was mein Vater gesagt hat: „Unterm Schnee muss' ordentlich sein." Es ist mir wichtig, dass sie die Dinge grundsätzlich angehen. An der Wurzel anpacken. Das eigene Leben in die Hand nehmen.

Hannah und ich, wir leben den Kindern das vor. Aber es ist unterschiedlich, wie sie sich dies zu Herzen nehmen. Julia kommt sehr gut damit klar. Sie wird das Haus hervorragend führen, da bin ich ganz sicher. Ludger eher nicht. Ludger ist weich. Zu weich für meinen Geschmack. Er wird immer im Schutzraum von Julia arbeiten. *Sie* managt das Hotel. *Er* macht die Küche. Ein guter Koch ist er ja, da gibt es nichts. Aber kein Geschäftsmann. Kein Beißer. Kein Hillecke, würde mein Vater vielleicht sagen. Nun ja, Vater ist inzwischen tot.

Trotzdem: Als ich eben den Schnee sah, da hab ich mich gefreut. Klar, als Winterberger freut man sich immer über Schnee. Wir leben davon. Wir alle – oder zumindest die meisten. Und deshalb ist es so bitter, dass der Schnee in letzter Zeit wegbleibt. Dass es nicht mal kalt genug ist, um die Schneekanonen anzuwerfen. Was soll aus Winterberg werden, wenn die Touristen fernbleiben? Gut, die Stadt hat einiges getan. Diese Mountainbike-Sachen haben sicher ihre Berechtigung. Die Aufrüstung am Kappenberg auch: Erlebnisbrücke, Sommerrodelbahn, Kletterwald. Trotzdem bin ich sicher: Wir brauchen den Schnee. Und der kommende Winter soll ein guter Schnee-Winter werden. Das haben sie jedenfalls im Fernsehen gesagt.

Dennoch war es noch mehr, was mich heute so fröhlich werden ließ, als ich in der Frühe den Schnee sah. Es war nicht nur der geschäftliche Gedanke, es war das Gefühl: So muss es sein! So kenne ich meine Stadt, als liebenswerte Idylle mit wunderbarem schneeweißem Charme. In dieser Stadt lebe ich, für diese Stadt tue ich alles. Das klingt vielleicht überzogen. Aber so sehe ich das. Wir Hilleckes haben uns immer schon für die Stadt engagiert. Mein Großvater war Bürgermeister hier. Mein Vater über Jahrzehnte im Rat. In der Lokalpolitik immer an vorderster Front. Er hat viel bewirkt für die Stadt. Und über mich wird man das irgendwann auch sagen können. Vierzehn Jahre zumindest habe ich jetzt auf dem Buckel. Eine ganz schön lange Zeit. Aber keine vergeudete Zeit. Winterberg hat es verdient, dass man es ordentlich führt.

Als ich den Schnee sah, hab ich geheult. Wie ein Kind hab ich geheult – denn mir war plötzlich klar: Schnee ist für mich unauflöslich mit ihm verknüpft. Bei Schnee werd ich immer an ihn denken – ob ich will oder nicht.

Ich sehe ihn im aufwirbelnden Schnee, wenn er unten am Lift einen Kavaliersstopp hingelegt hat. Ich sehe ihn Schneebälle werfen, seit er mit Willi und Tom bei der Deutschen Schneeball-Meisterschaft mitgemacht hat. Ich sehe ihn beim Skinostalgierennen, als er im schrägen Burgfräuleinkleid auf Holzbrettern losgepest ist und ich mir vor Lachen fast in die Hose gemacht hab. Und am meisten natürlich – sehe ich ihn während unserer Nacht oben auf der Hütte, in der wir eingeschneit sind. Als wir abends im Schnee herumgetobt sind wie junge Hunde. Wie wir uns gegenseitig eingeseift haben, gerangelt haben, gelacht, bis er sich schließlich von hinten auf mich warf, um mich in den Schnee zu tauchen, wie ich mich wehrte, aus Spaß nur, und dann plötzlich spürte, durch die Jeans hindurch, was er eigentlich wollte, und dann nachließ, mich zu wehren, und innehielt, und er auch, und ich wartete, dass es endlich passierte. Wie er plötzlich meinen Rücken streichelte und ich mich ihm entgegenstreckte, wie wir reingingen in die Hütte, wo es dann endlich geschah.

Bis zum Dach schneiten wir ein. Bis zum Dach.

Kann man mir da, verflixt noch mal, verdenken, dass ich heule, wenn ich den Schnee seh?

Wo er doch nichts anderes war als Schnee, der in der Sonne langsam vergeht?

ES GEHT MIR GUT. ES GEHT MIR GUT, WEIL ICH GLAUBE, DASS ES NICHT MEHR PASSIEREN WIRD. EIN GRAUSIGER SPUK, EIN UNHEIMLICHER TRAUM, DER ENDLICH VORBEI IST, VORBEI, VORBEI, VORBEI!

ALS ICH DEN SCHNEE GESEHEN HABE, HEUTE AM MORGEN, WAR ICH ERLEICHTERT, WEIL ICH WUSSTE, NICHT MEHR LANGE, UND DIE STRASSEN SIND ZU. UNMENGEN AN HOLLÄNDERN, DIE NACH WINTERBERG STREBEN. KEIN DURCHKOMMEN – DIE GROSSEN STRASSEN VERSTOPFT, DIE KLEINEN NICHT PASSIERBAR. WIR SIND EINGESPERRT, GEFANGEN, WIR KOMMEN NICHT WEG. ODER SOLLTE ICH BESSER SAGEN: *ER* KOMMT NICHT WEG?

OB ER DAS AUCH SO EMPFINDET? OB ER DEN SCHNEE SIEHT UND DENKT, ER KOMMT HIER NICHT WEG?

WIR SIND SO LANGE VERHEIRATET – UND SIND DENNOCH SO WEIT VONEINANDER ENTFERNT.

ER DENKT, ICH WEISS NICHTS. UND ICH – ICH VERSTEHE IHN NICHT. ICH WILL IHN NICHT VERSTEHEN. ICH WILL NICHT WISSEN, WAS PASSIERT, WENN ER FÄHRT.

ES IST HOFFENTLICH VORBEI. ER WIRD ES NICHT MEHR TUN.

als ich den schnee sah, heute morgen, war ich erleichtert. mein großvater hatte immer so einen spruch drauf. „auch unterm schnee muss ordnung herrschen" oder so ähnlich. ein bescheuerter spruch. trotzdem musste ich heut daran denken.

selten hab ich mich so über den schnee gefreut wie an diesem morgen. mein gefühl war: er deckt alles zu. er macht alles neu. vielleicht bringt er sogar ludger auf andere gedanken. seit hendrik weg ist, ist nichts mehr, wie es war. ludger stiert vor sich hin, ist kaum ansprechbar. es wundert mich fast, dass außer mir niemand das merkt. aber wahrscheinlich ist genau das tradition in meiner familie: man sieht nur, was man sehen will!

ob ich das noch lange aushalte, dieses vor sich hinleben? dieses vor sich hinquatschen? keiner spricht wirklich mit dem anderen. jeder macht seinen eigenen scheiß. weiß der geier, warum ich mich noch um die familie bemühe.

zumindest wird der schnee ablenkung bringen. ein ausgebuchtes haus. tagesgäste. ein volles restaurant. alle werden beschäftigt sein. dann fällt die darunterliegende stille nicht mehr so auf. das schweigen wird begraben unter dem schnee.

Der Schnee hat die Gäste gebracht. Schon um neun Uhr ging es los: zwei Holländer, mit Sicherheit ein Paar. Sie haben ein Doppelzimmer genommen. Gut, ist natürlich auch billiger. Aber ich bin trotzdem sicher – ein Paar. Dann eine Familie aus dem Ruhrgebiet, dann ein Trupp von vier Frauen. So ging es weiter. Das Hotel ist voll. Die ganze Stadt ist voll. Das ist gut für Winterberg. Der Rubel muss rollen. Nur, wenn wir die Leute im Winter binden, kommen sie auch im Sommer wieder. Sie schätzen die gemütliche Atmosphäre bei uns. Den familiären Charakter. Den darf man nicht verspielen. Wir müssen offen sein für neue Ideen, dürfen aber unsere Grundsätze nicht verraten. Motorcross-Sport zum Beispiel geht gar nicht. Was sich der junge Wegner da ausgedacht hat – unmöglich! Motorcross im Sommer, Schneemotorräder im Winter – das geht nicht. Mit viel Lärm und Gestank durch den Wald heizen – das widerspricht vollkommen unserem Marketingkonzept. Ein abgegrenztes Areal für Mountainbiker, das mag noch gehen, obwohl ich anfangs auch dagegen war, aber mit Vollgas durch die Gegend? Unmöglich! Damit verraten wir uns. Verärgern die Gäste, die gekommen sind, um Ruhe und Erholung zu finden. Ich hasse es, wenn Leute aus Eigeninteresse die Idee der ganzen Stadt verraten. Weil die den großen Reibach machen wollen, ist ihnen alles andere egal. Der junge Wegner ist so einer! Gibt sich zwar als Winterberger und macht alles mit – aber im Grunde hat er nur sein Konto im Kopf. Andere Menschen sind ihm egal. Wofür sie sich einsetzen – egal. Was sie fühlen – egal. Was sie antreibt – egal. Gut, dass der Wegner sich auf und davon gemacht hat.

Es kotzt mich alles so an. Papas Sprüche. Mamas besorgter Blick. Julias Betriebsamkeit. Was kotzt mich das an!

Den ganzen Morgen über hat es geschneit. Und auch in meinem Kopf schneit es. Ich will das nicht mehr. Aufstehen, einkaufen, kochen, aufräumen, ins Bett gehen. Und am nächsten Tag das Ganze wieder vorn. Ich bekomme zuviel hier in Winterberg. Ich setze mich zu.

Als ich Pause gemacht habe und draußen eine geraucht hab, kam ein Holländer vorbei, ganz nett eigentlich. Er konnte etwas Deutsch, und wir haben eine Weile gequatscht. Er hat gefragt, ob ich selbst auch Ski fahre. Klar, habe ich geantwortet, wenn man hier lebt, kommt man mit Skiern auf die Welt. Ob ich nicht mit auf den Berg könnte, hat er dann gefragt und gelächelt. Gelächelt auf eine ganz bestimmte Art. Fast hätte ich zugesagt. Zwischen zwei und vier geht ja schon mal was. Und dann, wie eine Lawine, stürzte der

Gedanke an Hendrik auf mich ein. Ich schaff das nicht, hab ich gesagt. Einen Moment lang hat der Holländer noch geguckt. Dann hat er mit den Achseln gezuckt, hat gesagt: Okay, und ist gegangen.

Vielleicht sollte ich da hingehen, wo kein Schnee liegt. Köche werden überall gebraucht. Wie wäre es mit Holland? Ich könnte deutsche Küche anbieten in Holland. Am besten in Amsterdam.

SO LANGSAM WIRD'S CHAOTISCH. ES SCHNEIT SO SEHR, DASS DIE GANZE STADT LAHMGELEGT IST. DIE SCHNEESCHIEBER SIND IM DAUEREINSATZ, DIE SCHNEEBERGE AN DEN RÄNDERN WERDEN SO GROSS, DASS IN DER STADT KAUM MEHR PARKEN MÖGLICH IST. ICH WÜSSTE NICHT, WANN ES ZULETZT SO SEHR GESCHNEIT HÄTTE. MAN WIRD DER SACHE KAUM NOCH HERR. TROTZDEM, ICH FREU MICH. DIE FAMILIE IST BEISAMMEN, ALLE ARBEITEN HAND IN HAND. EINE GLÜCKLICHE FAMILIE MIT EINEM GEMEINSAMEN PROJEKT. GUT, LUDGER IST NOCH NICHT WIEDER AUF DEM DAMM, ABER DAS WIRD SICH LEGEN, BESTIMMT. DIE ZEIT HEILT WUNDEN, HEISST ES ZURECHT. ALLES WIRD GUT WERDEN, ALLES WIRD GUT.

das geschäft läuft. immerhin das. trotzdem weiß ich nicht, wie lang' das noch geht mit uns allen.

als ich heute morgen den schnee sah, hab ich gedacht, das ist wie ein geschenk, dass jetzt alles zugedeckt wird – über wochen, über monate vielleicht!

das ist wie ein geschenk. wie eine bestätigung, dass ich alles richtig gemacht hab. dass das korrekt war.

wenn ich dann allerdings ludger sehe, bin ich mir da nicht mehr so sicher. ludger leidet wie ein hund. und vater tut so, als ob er nichts merkt. dabei ist er doch schuld an dem ganzen!

steht da, begrüßt freudig die gäste, hier ein späßchen, da ein spruch – und dabei diese blicke. wenn man keine ahnung

hat, merkt man's vielleicht nicht. aber wenn man ahnung hat, ist es nicht zu übersehen. als dieses holländerpärchen vom skifahren zurückkam, konnte er kaum die augen von den beiden lassen. es ist so widerlich. ich könnte ihn umbringen.

Das Geschäft läuft gut. Nur der Junge macht mir Sorgen. Wenn der mal keine Flitzen im Kopf hat. Und Julia ist auch schlechtgelaunt. Mein Gott, was wollen die Kinder? Das Hotel brummt. Nette Gäste. So kann unser Hotel noch hundert Jahre alt werden. Allerdings nur, wenn wir den Gästen mit der nötigen Freundlichkeit begegnen. Bei Julia fehlt da der herzliche Zugang. Sie ist zwar geschäftsmäßig freundlich, aber das merken die Leute, ob jemand ehrlich freundlich ist oder nur wegen des Jobs. Da könnte sie sich eine Scheibe von ihrer Mutter abschneiden. Hannah ist immer zur Stelle. Hannah begrüßt jeden mit Handschlag. Hannah vermittelt das Gefühl, jeder Gast sei eine Bereicherung für sie. Und Ludger? Wie ich schon sagte, der ist nicht auf dem Damm. Zweimal waren die Bratkartoffeln halb verbrannt, einmal ein Steak so zäh wie Leder. Noch dazu trägt er das Leiden der gesamten Menschheit auf seinem Gesicht. So geht das nicht. Die Konkurrenz schläft nicht. Und wenn der Name Hillecke auch in Zukunft die Stadt prägen soll, müssen wir hart daran arbeiten. Von nichts kommt nichts, hat auch mein Vater schon immer gesagt.

Eben, als ich ein Dessert gemacht hab, das „Winterberger Schneegestöber", eine Kreation aus Pfirsich, Sahne und Eis, da hab ich gedacht, ich hab doch wirklich alle Möglichkeiten. Ich könnte überall arbeiten. Auf Malle, in Portugal, London – ich bin fast sicher, auf der ganzen Welt werden gute Köche gesucht. Hier kann ich jedenfalls nicht bleiben. Das ist mir jetzt klar. Hier erinnert alles an Hendrik. Verdammt noch mal, ich vermisse ihn so. Sein blondes Strubbelhaar, sein Lausbubenlächeln, seine stürmische Art.

Warum, verflixt noch mal, hat er nicht mehr geschrieben?

Und wieso, verdorri, kann er nicht hier arbeiten? Jetzt, da so viele Gäste da sind? Mehr Schnee kann es in Tirol auch kaum geben. Aber wahrscheinlich tollere Typen als mich. Ich muss hier weg. Ich hab keine Lust zu warten, dass er wiederkommt.

ICH HAB GEDACHT, ES IST VORBEI. ES PASSIERT NICHT MEHR. ER FÄHRT NICHT MEHR WEG. UNTERDRÜCKT, WAS IHN TREIBT. ICH HAB WIRKLICH GEGLAUBT, ICH KÖNNTE DIESEN TEIL MEINES LEBENS AUSRADIEREN. JETZT WEISS ICH, ES GEHT NICHT. SO SEHR ICH MICH AUCH BEMÜHE, DIE FAMILIENEHRE AUFRECHTZUERHALTEN – ICH KÄMPFE GEGEN WINDMÜHLEN. ICH KÄMPFE GEGEN ETWAS AN, DAS SICH NICHT ABSTELLEN LÄSST.

ER HAT SICH LÄNGST VON MIR VERABSCHIEDET. VOR JAHREN SCHON. ER HAT UNSERE EHE VERRATEN UND VERKAUFT. ICH WILL MIR GAR NICHT VORSTELLEN, WO ER ALL DIE ZEIT WAR, MIT SEINEN GEDANKEN. EINS WEISS ICH SICHER: NICHT BEI MIR.

ALS ER EBEN DIE HOLLÄNDER BEDIENTE BEIM ABENDESSEN, DA WUSSTE ICH: ES HÖRT NICHT AUF. ES IST EINFACH DA. NIE WIRD DAS VORÜBERGEHEN. ES IST, WIE ES IST.

Jetzt ist auch Hannah eingeknickt. Kann ich mich auf meine Leute denn überhaupt nicht verlassen? Alle haben schlechte Laune, als wäre der Schnee eine Katastrophe für uns. Keiner ist hier belastbar. Ich habe das Gefühl, ich schleppe alles allein. Wenn irgendjemand ahnen würde, was ich durchgemacht habe! Dass dieser junge Dreckskerl mich mit Dreck beworfen hat. Er hat mich fotografiert. In Dortmund. Und nicht nur dort. Auch hier. In Winterberg. Uns beide zusammen. Dabei hat er mich ... er hat mich ... ich wollte das gar nicht! Es ist allein von ihm ausgegangen. Anscheinend haben ihm die Fotos aus

Dortmund nicht gereicht. Deshalb hat er mich auf seine Hütte gelockt. Und dann hat er ... ich wollte das gar nicht ... aber als er dann da stand ... und nachher dann, zwei Tage später, stand er plötzlich mit den Fotos vor meiner Tür. Mit den Fotos aus Dortmund. Vom Strich. Und mit den Fotos von uns beiden. Er hat uns heimlich gefilmt und davon Fotos gezogen. Ich könnte ihm einen Gefallen tun, hat er gemeint. Er wolle ein Projekt durchziehen und brauche da Unterstützung im Rat. Motor-Fun. Crossräder im Sommer. Speedschlitten im Winter. Er kriege das nicht durch, ohne Unterstützung im Rat. Wenn er in drei Monaten keine Genehmigung habe, kämen die Bilder auf den Tisch.

Hat irgendjemand eine Ahnung, was ich durchgemacht habe? Ich lasse mich nicht erpressen, habe ich gesagt. Das werden wir ja sehen, hat Hendrik Wegner gemeint.

eben hat ludger gesagt, er gehe hier weg. ich bin aus allen wolken gefallen. wohin denn? hab ich gefragt. wohin willst du denn gehen?

weiß noch nicht, hat er gebrummt, irgendwohin. dann ist er nach oben auf sein zimmer gegangen.

ich werd bekloppt. hat der denn überhaupt keinen plan, mit wem er es zu tun gehabt hat? hendrik wegner war ein eiskalter typ, der es mit jedem gemacht hat. ludger war nur einer von vielen. hendrik wegner hat es sogar mit vater getrieben und dabei fotos gemacht. er hat vater erpresst. er hat mit ludger geschlafen und seinen vater erpresst!

kapiert ludger denn gar nicht, dass ich ihm einen gefallen getan hab? kapiert die ganze familie nicht, dass ich ihr einen gefallen getan hab? vater? mutter? ludger? mein gott, ich hab mir das nicht ausgesucht: einen schwulen bruder und einen vater, der ebenfalls schwul ist. der abends losfährt und sich fremde jungs sucht, in der stadt. Der still und heimlich seine familie verrät.

hat mich mal jemand gefragt, wie ich das finde? was ich

dabei fühle?

verdammte hacke, ohne mich wäre hier alles zerbrochen. papa geoutet. ludger ins unglück gerannt. mama auf ewig gezeichnet. der skandal hier in winterberg wäre unglaublich gewesen.

„walter hillecke auf dem strich in dortmund!"

„walter hillecke mit einem junghengst auf der hütte!"

ludger hätte sich den strick genommen, wennn er davon erfahren hätte.

er hat den kerl doch geliebt ohne ende.

der ist so blind, mein kleiner bruder, so blind.

was für ein glück, dass ich die fotos gesehen habe. dass ich den brief geöffnet habe, obwohl er an vater adressiert war. dass ich, als ich den absender sah, gar nicht anders konnte, als ihn zu öffnen.

wie geschockt ich war, als ich das las. „letzte warnung! wenn sich in den nächsten tagen nichts tut, kommen die bilder auf den tisch."

was hätte ich tun sollen? die familie mit wehenden fahnen ins unglück rennen lassen? was hätte ich tun sollen?

klar, ich hätte auch wie ludger sagen können ‚ich geh einfach weg. lasse alles zurück. seht zu, wie ihr klarkommt.'

aber das kann man doch nicht. allein wegen mutter.

insofern musste ich handeln. es blieb mir keine andere wahl.

ich hab mich wirklich nicht drum gerissen. aber wer sollte sich sonst darum kümmern? wer, verflixt nochmal, hätte sich sonst in den wald gestellt und ihn niedergeschossen, als er mit dem mountainbike unterwegs war? wer hätte ihn anschließend zu unserer weide rübergeschleppt und hendrik wegner verscharrt?

zugegeben, das loch ist nicht tief, in dem er liegt. ich konnte es ja nicht zwei meter tief graben. ich bin eine frau!

was bin ich froh über den schnee! ein paar wochen wird hendrik wegner unter meterhohem schnee verborgen sein. bis dahin muss ich mir überlegen, was ich als nächstes mit ihm mach. vermissen jedenfalls wird ihn hier keiner. höchstens ein paar gäste, mit denen er schon mal was gehabt hat.

er wollte einige wochen nach tirol – als skilehrer arbeiten. er liebte ja den schnee.

zum arbeiten wird er wohl nicht mehr kommen. aber schnee zumindest hat er genug.

Das Maß

Es regnete auf der Beerdigung, und das machte irgendwie Sinn. Denn damit hatte alles angefangen, mit ein bisschen Wasser, und damit, was man daraus macht.

Es war ein gutes Projekt gewesen, die Schulteich-AG. Ein sinnvolles Projekt, auch wenn es darauf nicht wirklich ankommt. Wer weiß das besser als ich? Was zählt ist, was man aus einem Projekt herausholen kann. Und zwar unter dem Aspekt des öffentlichen Aufsehens. Ursächlich hängt das natürlich alles mit den sinkenden Schülerzahlen zusammen. Aber was soll man da machen? Hingehen zu den Eltern und sagen: Sorgt für Nachwuchs? Geht weniger ins Kino und dafür mehr ins Bett? Natürlich nicht! Da überschreitet man ein Maß. Wir haben ja selber nur ein Kind. Eine Tochter. Nathalie, die dann auch noch -

Aber ich wollte von Anfang an erzählen. Vom Schulteich und wie damit alles begann. Die Bio-Kollegen hatten das Thema ins Auge gefasst. Ein sinnvolles Projekt, das sagte ich ja schon. Die Schüler sollten bei der Arbeit lernen: Erde ausheben, abdichten, Wasser einfüllen. Viel wichtiger aber noch: Pflanzen und Tiere bestimmen. Herausfinden, was man am Schulteich einsetzen könnte. Welche Lebewesen können zusammenleben, welche nicht? Sich Fauna und Flora besorgen, vielleicht von Teichen aus der Gegend, und dann mit dem Bestücken beginnen. Schüler und Lehrer waren ganz gut bei der Sache, man werkelte fröhlich vor sich hin, bis dann der Artikel über das Geschwister-Scholl-Gymnasium kam. Auch dort hatte sich eine Schulteich-AG gegründet. Auch dort wurde gegraben und gehackt, gepflanzt und vermehrt. Nur mit einem Unterschied. Es wurde ordentlich vermarktet. Eine ganze Zeitungsseite über die

Schulteich-AG des Geschwister-Scholl-Gymnasiums. Die Kollegen waren entsetzt. Da ackerte man, da keuchte man, und was bekam man vorgesetzt? Einen Zeitungsartikel, bei dem eigentlich nur die Überschrift fehlte: **Das Geschwister-Scholl-Gymnasium ist besser als die Konkurrenz.**

Nun ja, damit war das Rennen irgendwie eröffnet. Der Kampf um die Gunst der Eltern eingeläutet. Denn darum geht's bei allem, was man tut: darum, die Schülerzahlen zu halten. Darum, die Lehrerstellen zu sichern. Die Zuschüsse und noch einiges mehr. Der Fight um die Schüleranmeldung hatte begonnen.

Jetzt, wo Nathalie nicht mehr ist, steht das alles in Frage. Was zählt eine Anmeldung im Vergleich zu einem Menschenleben? Null.

Nathalie war bei uns. Natürlich war sie bei uns. Die Rechnung gleicht sich aus. Vielleicht haben wir eine Schüleranmeldung gewonnen, aber gleichzeitig in Klasse 9 einen Ausfall zu verbuchen. Null.

Nach der Sache mit der Schulteich-AG hatten wir die Lage erkannt. Sofort war ein Gremium einberufen worden. Das Gremium Öffentlichkeitsarbeit. Man musste die Pressearbeit organisieren. Die Zeitungen mit Themen füttern. Wechselnden Themen. Interessanten Themen. Und dabei Beziehungen pflegen. Es war doch kein Zufall, dass der Schulteich-Artikel von einer ehemaligen Schülerin des Scholl-Gymnasiums gebracht worden war!

Das neue Konzept hatte Erfolg. Von nun an machte ein vierköpfiges Team die Pressearbeit. Hier ein Artikel über das Theaterstück der Schüleromas. Dort über einen Vortrag zum Thema „Gehirnjogging im Schlaf". Schnell wurde klar: Wir schreiben nicht mehr über das, was wir machen. Nein, wir machen nur noch, worüber man schreibt!

Lesenächte, bis vor kurzem der Renner in der Schulprofilierung, waren out. Durchgeführt wurden nur noch Lesenächte, die etwas zu bieten hatten. Lesenächte auf

Philippinisch, Lesenächte mit verbundenen Augen, Lesenächte inklusive Stripeinlage, Lesenächte, die mit Lesen nichts zu tun hatten.

Und dann natürlich die neugegründete Schwimmteich-AG. Denn eins war klar. Den Schulteich wollten wir nicht auf uns sitzen lassen. Schulteich war Standard, entschieden wir für uns. Was wir wollten, war mehr: einen Schwimmteich. Natur hautnah. Bewegung inklusive. Unsere Schule wollte etwas bieten. Für jeden Körperteil. Für jede Gehirnregion. Für jede Zeitungsnummer. Diesmal wussten wir es besser. Die Presse wurde ständig auf dem neuesten Stand gehalten. Planung, Finanzierung, Umsetzung. Acht Meter mal zwölf sollte das Projekt an Abmessung haben. Ein Teich, wie ihn keine Schule bisher gesehen hatte. Ein Teich, der alle Dimensionen sprengte. Ein Teich nur für Schüler unserer Lehranstalt.

Die Sache war uns einiges wert. In Zeiten abnehmender Zuschüsse waren wir auf Eigeninitiative angewiesen. Und machten das gleich zum Konzept! Schaufeln statt Mathe. Schubkarre fahren in Sport. Wenn Sie tausend Schüler an die Arbeit kriegen, sind acht mal zwölf Meter gar nicht so viel! Wir hatten nur eins nicht bedacht: Wer so offensiv plant, muss die Konkurrenz im Blick behalten. Es traf uns wie ein Hammer! Beim Schulfest anlässlich des 15jährigen Bestehens des Geschwister-Scholl-Gymnasiums. 15 Jahre – an sich schon ein Witz, das zu feiern. Ein Witz vielleicht, aber auch eine Gelegenheit. Drei Tage dauerten die Feierlichkeiten, mit allem Zipp und Zapp. Als Gastband dabei: die Kinder der Rolling Stones, unter dem Motto: *Kinder für Kinder.* Ich glaube, 28 Mitglieder hatte die Band, einige waren über 40, und ich schätze, mehr als die Hälfte waren nur Adoptivkinder. Eine Tombola, bei der ein Sportwagen verlost wurde, ein Kurzauftritt eines Bundesministers und nicht zuletzt die Ankündigung, sämtliche Relilehrer des Kollegiums böten eine Show im

Simultanschwimmen unten im Park. Ich rieb mir schon die Hände. ‚Simultanschwimmen', dachte ich. ‚Wenn ihr da mal unseren Schwimmteich hättet!'

Brauchten sie nicht! Sie hatten ihn schon! Und nicht acht mal zwölf, sechzehn mal zwanzig war er groß. Davor eine Großleinwand, damit alle das Simultanschwimmen verfolgen konnten. Als Höhepunkt eine Delphinshow. Die Direktorin vom Scholl-Gymnasium auf dem Rücken eines amerikanischen Tieres, das schon bei Flipper mitgewirkt haben soll. Die gaben sich nicht mehr mit der Lokalpresse zufrieden. Das Fernsehen war da. Acht Sender mit Live-Übertragung. Ich war am Ende. Wochenlange Buddelei umsonst. Unsere Idee gestohlen. Die Arbeit dahin.

Ich könnte jetzt noch heulen, was auch irgendwie passt, schon wegen Nathalie und der Beerdigung hier.

Aber aufgegeben haben wir natürlich nicht. Drei Monate später fand unser eigenes Jubiläum statt. 54 Jahre Clemens-August-Penne. Den bahnbrechenden Vorschlag hatte Frohnsmann von der Mathefront. „54 Jahre", posaunte er in die Konferenz herein, „das sind drei mal 18. Wir werden dreifach volljährig. Wenn das kein Grund zum Feiern ist."

Das fanden wir dann alle. Eine Gelegenheit, die es zu nutzen galt. Den Schwimmteich kriegten wir auf 22 mal 30 hin. Die ersten Zeitungsartikel nicht unter 30 mal 50. Und der absolute Höhepunkt des Ganzen: die Piranha-Show.

Und hier wird die Geschichte traurig. Wenn sie es denn nicht schon die ganze Zeit war.

Delphine sind out, hatte Grieskötter aus der Biofachschaft erklärt. Delphine haben sich lange genug als Freunde des Menschen profiliert. Delphintherapie, Delphindressur, alles kalter Kaffee, will keiner mehr sehen. Was neu ist, sind Piranhas.

Ich weiß jetzt gar nicht, ob Sie die kennen. Vielleicht aus diesem James-Bond-Film. Diese kleinen Fischbiester, die alles verspeisen, wenn man sie nur lang genug ranlässt.

Zähne wie Messerklingen haben die und innerhalb von Sekunden ein ganzes Kalb vernascht. Ein Erlebnis, auch schon für die Kleinen. Natürlich auf Großleinwand, damit keiner was verpasst.

Die ganze Sache war spektakulär. Zwei Schafe hatten wir vorbereitet, das dauerte nicht länger als zweieinhalb Minuten. Danach noch eine Kuh, die eigentlich noch schneller ging. Vielleicht hatten wir die Choreographie nicht ordentlich geplant. Das nächste Highlight sollte erst eine Stunde später in der Turnhalle folgen. Bis dahin war noch eine lange Zeit. Und dann kam die Frage von Frau Molder-Wittenstedt, Direktorin von der Scholl-Konkurrenz. Sie hatte sich ein Mikro geangelt und tönte lautstark hinein.

„Wie sieht's denn mit Simultanschwimmen aus?", feixte sie in aller Ohren, und eine Welle von Gelächter schwappte über den Schulhof hinweg.

„Ja, Herr Merzel", schwatzte ein anderer, „von Ihnen haben wir im Wasser noch gar nichts gesehen."

Es war diese Gehässigkeit, die Nathalie reizte. Es ist nicht schön, seinen Vater so leiden zu sehen. Sie sprang mit einem eleganten Satz, und der Tumult hätte nicht größer sein können. Einmal tauchte sie noch auf. Dann nicht mehr.

Unser Gremium hat die Sache voll ausgefischt. **Direktorin vom Scholl-Gymnasium treibt Mädchen in den Tod.** Zwei Zeitungsseiten. Das hatten wir noch nie.

Dass es heute so regnet! Die Zeitung schreibt, die Piranhas seien längst auf dem Weg in den Süden. Gott sei Dank, sonst wären sie bei einer Überschwemmung glatt noch in die Stadt geschwappt. Das fehlte uns noch. Aber wirklich.

Zu den Geschichten:

Tot überm Zaun, 2009, Erstveröffentlichung

Lippstädter Liebeshäppchen, erschienen 2004 in: *Mehr Morde am Hellweg*. Grafit, Dortmund

Kein Risiko in Schmallenberg, erschienen 2005 in: *Fichten, Fälle, Fahnder*. Podszun, Brilon (Anthologie zur Criminale 2005, die im Hochsauerlandkreis stattfand)

Endstation Oeventrop, 2009, Erstveröffentlichung

Glückspilz, erschienen 2007 unter dem Titel *Paradiesisch tot* in: *Tatort Deutsche Weinstraße*. Grafit, Dortmund (Anthologie zur Criminale 2007, die an der Deutschen Weinstraße stattfand)

Die Lippstadt-Verschwörung, geschrieben 2004. Als die Satire 2008 im *Heimatkalender des Kreises Soest* veröffentlicht wurde, sorgte sie in Lippstadt für einen Sturm im Wasserglas. Diese Geschichte ist deshalb allen Lippstädtern gewidmet, die über die Ironie in meinem Kurzkrimi herzlich lachen können.

Vor dem Gewitter, 2009, Erstveröffentlichung

Letzte Hoffnung Rothaarsteig, geschrieben 2005, Erstveröffentlichung

Hexenjagd in Bassenheim, erschienen 2006 in: *tatorte.* Kontrast, Pfalzfeld (Anthologie zur Criminale 2006, die in und rund um Koblenz stattfand. Das schöne Bassenheim liegt etwa 10 Kilometer von Koblenz entfernt.)

Abrechnung in Attendorn, 2009, Erstveröffentlichung

Unterm Schnee, 2009, Erstveröffentlichung

Das Maß gewann 2004 den 1. Platz beim Literaturwettbewerb „vo:pa" der Volksbank Siegen.

Kathrin Heinrichs im Blatt-Verlag:

Vincent Jakobs' 1. Fall:

Ausflug ins Grüne

ISBN 978-3-934327-00-9 9,20 EURO

Es ist schon verrückt. Zunächst bekommt Kölschtrinker Vincent Jakobs diese Stelle als Lehrer. An einer katholischen Privatschule. In einer sauerländischen Kleinstadt. Und gerade beginnt er, das gemütliche Städtchen und seine illustren Gestalten zu schätzen, da muss er feststellen, dass sein Vorgänger auf nicht ganz undramatische Art und Weise zu Tode gekommen ist ...

Vincent Jakobs' 2. Fall:

Der König geht tot

ISBN 978-3-934327-01-6 9,20 EURO

Sauerländische Schützenfeste sind mordsgefährlich! Diese Erfahrung muss auch Junglehrer Vincent Jakobs machen, als er einen Blick hinter die Kulissen wirft. Das Festmotto „Glaube, Sitte, Heimat" haben sich offensichtlich nicht alle Grünröcke auf ihre Schützenfahne geschrieben ...

Kathrin Heinrichs im Blatt-Verlag:

Vincent Jakobs' 3. Fall:

Bauernsalat

ISBN 978-3-934327-02-3 9,20 EURO

Ex-Kölner Vincent Jakobs entdeckt das Landleben der besonderen Art: Bauer Schulte-Vielhaber wurde von der Leiter gestürzt. Natürlich kann Vincent seine Nase nicht aus Schweinestall und Heuschober heraushalten und muss feststellen, dass die Lösung des Falls tief unter dem Misthaufen der Vergangenheit verborgen liegt ...

Vincent Jakobs' 4. Fall:

Krank für zwei

ISBN 978-3-934327-04-7 9,20 EURO

Vincent Jakobs ist krank. So krank, dass er in einem sauerländischen Provinz-Krankenhaus operiert werden soll. Dumm nur, dass am Tage seiner OP der Chefarzt der Chirurgie tot aufgefunden wird. Zwischen Insulinflaschen und Urinproben entpuppt sich die Mördersuche als gar nicht so einfach. Am Ende ist Vincent zwar seinen Blinddarm los, aber um eine Erkenntnis reicher: Nicht hinter jedem weißen Kittel verbirgt sich auch ein reines Gewissen ...

Kathrin Heinrichs im Blatt-Verlag:

Nelly und das Leben geht weiter

Neue süß-saure Geschichten

ISBN 978-3-934327-07-8 8,80 EURO

Es sind weiterhin die großen Fragen des Alltags, die Nellys Leben bestimmen:
Wie ein Schafwollpullover das große Glück verhindern kann. Warum man gelegentlich in einem T-Shirt Größe XS steckenbleibt. Wieso manche Weihnachtsbäume noch beim Abholen peinlich sind.
Nelly schlägt sich durch. Und macht dabei immer wieder die Erfahrung:
Das Leben ist hart. Aber manchmal auch lustig.